더 클럽

DER CLUB

타키스 뷔르거 | 유영미 옮김

더 클럽

황소자리

한스

니더작센 주 남쪽의 다이스터 숲. 그곳 한가운데에 사암으로 지은 집이 있었다. 본래 삼림감독관이 살던 집이지만, 은행 빚에다 다른 여러 일이 겹치며 한 부부에게 소유권이 넘어갔다. 부부가 이곳으로 이주한 건, 아내가 조용히 여생을 보내기 위해서였다.

아내는 암이었다. 누군가 산탄총으로 총알을 쪼르르 배열한 것처럼, 폐에 여남은 개의 암종이 박혀 있었다. 수술은 불가능했다. 의사들은 앞으로 얼마나 더 살 수 있을지 예측할 수 없다고 했다. 건축가로 일하던 남편은 일을 접고 아내 곁에 머물렀다. 아내가 임신을 했을 때 종양 전문의는 낙태를 권했다. 그러나 산부인과 의사는 폐암에 걸린 여성도 출산할 수 있다고 말했다. 태어난 아기는 작고 가냘팠다. 사지는 가늘고 검은 머리칼은 숱이 많았다. 아기가 태어나자 남편과 아내는 집 뒤에 벚나무를 심고 아들 이름을 한스라고 지었다. 그게 바로 나다.

엄마에 대한 첫 기억은 엄마가 맨발로 정원을 가로질러 내게로 걸어오는 모습이다. 붉은 빛 감도는 금목걸이에 노란 리넨 원피스 차림의 엄마.

아주 어릴 적 기억 속의 계절은 늘 늦여름이다. 엄마 아빠는 꽤 자주 손님을 초대했던 것 같다. 어른들은 갈색 병에 든 맥주를 마셨고 아이들은 슈빕슈밥이라는 음료를 마셨다. 그런 저녁이면 나는 다른 아이들이 술래잡기하는 것을 구경했다. 그럴 때는 나도 평범한 남자애가 된 기분이었다. 엄마의 얼굴에서 수심이 사라진 듯 보이기도 했지만, 그건 아마 캠프파이어 불빛 때문이었을 것이다.

나는 말이 풀을 뜯는 정원 한구석에서 다른 아이들을 구경했다. 나는 말을 지켜주고 싶었다. 말이 낯선 사람들을 무서워하고, 사람들이 쓰다듬는 것도 좋아하지 않았기 때문이다. 우리 집 말은 영국 순혈종이었다. 한때 경주마였던 것을 엄마가 말 도살업자에게서 사들였다고 한다. 그래서인지 안장을 보면 갑자기 등을 구부리고 뛰어올랐다. 어렸을 적 엄마는 나를 말 등에 앉혔고, 좀 더 자라자 나는 말을 타고 숲을 누볐다. 넓적다리에 힘을 주고 말에 꽉 달라붙었다. 밤에 내 방에서 정원 쪽을 바라다보면, 엄마가 말과 이야기하는 소리가 들렸다.

숲에서 엄마가 모르는 풀은 거의 없었다. 내가 머리가 아프다고 하면 엄마는 꿀과 타임, 양파를 섞어 만든 시럽을 주었다. 그걸 마시면 아픔이 감쪽같이 사라졌다. 언젠가 나는 엄마에게 깜깜한 밤이 무섭다고 말했다. 그랬더니 엄마는 밤에 내 손을 잡고 숲속으로 걸어갔다. 엄마는 내가 무서움을 탄다고 생각하니 속상해서 못 살겠다고 말했고, 나는 가슴이 철렁했다. 난 정말 무서움을 많이 탔기 때문이다. 언덕에 오르자 나뭇가지에서 반딧불이들이 날아와 엄마의 팔에 앉았다.

매일 저녁 나는 내 방 테라스를 통해 엄마의 기침 소리를 들었다. 그 소리는 자장가 같았다. 부모님은 내게 엄마의 암이 더 이상 자라지 않는다고 말했다. 나를 출산한 뒤 받은 방사선 치료가 효과가 있었다고. '차도'가 있다는 말이 내 마음 깊숙이 자리잡았다. 정확히 무슨 뜻인지 몰랐지만, 그 말을 할 때 엄마는 기분이 좋아 보였다. 엄마는 내게 자신이 죽게 될 테지만 언제 죽을지는 아무도 모른다고 말했고, 나는 내가 무서움을 타지 않는 한 엄마가 살아 있을 거라 믿었다.

나는 결코 여느 아이들처럼 논 적이 없다. 대신 세상을 관찰하며 시간을 보냈다. 오후에는 숲으로 가서 바람이 불 때 나뭇잎들이 어떻게 움직이는지를 살폈다. 때로 나무벤치에 앉아 아빠가 참나무 켜는 걸 구경하며 갓 썰려 나온 대팻밥 향기를 들이마셨다. 엄마가 커런트로 잼을 만들 때면 뒤에서 엄마를 안고 엄마 등에 귀를 댄 채 기침 소리를 들었다.

학교는 마지못해 다녔다. 알파벳은 빨리 배웠고 숫자도 좋아했다. 신비롭게 느껴졌기 때문이다. 노래 부르는 것과 종이로 꽃 만드는 것은 어려웠다.

독일어 시간에 작문을 배우기 시작했을 때, 학교가 내게 도움이 될 수 있음을 깨달았다. 나는 숲에 대해, 엄마의 병에 대해 끼적이기 시작했다. 글을 쓰는 동안에는 세상이 한결 친숙하게 다가왔다. 글이 내가 보지 못하던 질서를 부여해주었다. 나는 용돈으로 일기장을 샀고, 매일 저녁 일기를 썼다. 내가 특이한 아이였을까? 그렇다 한들 무슨 대수일까.

학교에는 다양한 무리가 있었다. 여자아이들, 축구를 좋아하는 애들, 핸드볼을 좋아하는 애들, 기타를 치는 애들, 러시아 출신 애들, 숲 가장자리의 하얗게 페인트칠한 멋진 집에 사는 애들…. 나는 운동을 좋아하지 않고, 악기 연주나 러시아어도 못 하고, 하얀 집에 살지도 않았다. 쉬는 시간에 여자아이들이 말을 걸어왔다. 그것을 본 남자아이들이 낄낄거렸으므로, 나는 쉬는 시간이면 수족관 뒤로 혼자 숨어들었다.

여덟 살 생일이 되었을 때, 엄마는 다른 부모들에게 아이들을 우리 집에 보내달라고 청했다. 거대한 케이크 앞에 얌전히 앉은 나는 잔뜩 긴장한 채 이 아이들과 친구가 될 수 있을까, 자문했다. 오후에는 숨바꼭질을 했다. 나는 숲으로 달려가 밤나무 위에 올라갔다. 이곳이라면 아무도 찾을 수 없을 거라고 생각하니 마음 편안했다. 그렇게 오후 내내 나무 위에 있다가 저녁이 되어서야 집으로 돌아왔다. 아무도 나를 찾지 못한 것이 자랑스러웠다. 부모님에게 다른 아이들이 어디 있냐고 묻자 엄마는 꼭꼭 잘 숨어 있었네, 말하며 나를 안아주었다. 평생 그렇게 꼭꼭 숨어 있었으면 좋겠다고 생각했다.

열 살이 되었을 무렵 남자애들은 쉬는 시간에 공놀이를 했다. 그들 스스로 고안한 공놀이였는데, 거칠고 멍청하기가 딱 꼬마들이거나 정신이상자 수준이었다. 공을 운동장 이편에서 저편으로 나르고, 중간에 상대편 아이들이 갖은 수단을 동원해서 그것을 방해하는 놀이였다.

방학을 목전에 둔 어느 날 한 남자애가 볼거리를 앓아 결석했다. 아이들은 공놀이를 하려는데 한 사람이 부족하다며, 함께 하겠느냐고 내게 물었다. 놀이를 같이 한다는 생각만으로도 공포스러웠다. 아이들이 땀을 많이 흘릴 텐데, 나는 다른 사람들의 땀을 좋아하지 않았다. 다만 나에게 공이 오지 않으리라는 점도 잘 알았다. 나는 거절했지만 아이들은 내가 아니면 팀을 짤 수가 없다고 했다. 나는 공을 만지지 않고도 몇 분 간 잔디 위에서 설렁설렁 뛰는 시늉만 하면 될 거라고 스스로를 안심시켰다. 하지만 어느 순간 동급생 하나가 내게 고래고래 소리를 질렀다. 내가 열심히 하지 않으면 나 때문에 모두가 지게 된다는 거였다. 그 직후 공을 가진 상대편 아이가 내 쪽으로 막 달려왔다. 8학년인 데다 지역 대표 럭비선수로 활약하는 형이었다. 나는 몸집이 작았다. 그렇게 크고 건장한 상대가 내게 똑바로 돌진해오니 너무 당황스러웠다. 나는 돌진해오는 저 몸에서 제일 약한 부분이 어디일지 가늠해본 뒤 온 체중을 실어 그의 오른쪽 무릎으로 뛰어들었다. 나와 부딪 친 순간 그 형의 무릎 연골이 파열되었다. 나는 무릎을 꿇 고 정말 미안하다며 사과했다. 하지만 그 형은 내 말 따위 는 듣지 않은 채 고래고래 소리만 질렀다. 앰뷸런스가 와 서 그 형을 싣고 간 뒤 그의 친구들이 나를 흠씬 두들겨 패 주겠다며 쫓아왔다. 나는 줄행랑을 쳐서 포플러나무 위로 올라가 맨 꼭대기 얇은 가지에 앉았다. 가지가 부러져 떨 어지지나 않을까, 겁날 겨를도 없었다. 밑에서는 아이들이 근처 밭에서 가져온 진흙뭉치들을 집어던졌다.

집으로 돌아오니 작업장에 서서 대패질을 하던 아빠가 나를 바라보았다. 교장선생님이 아빠에게 전화를 했던 것 이다. 교장선생님은 여태껏 학교생활이 나쁘지 않으니, 이 일로 걱정할 필요도 없다고 전한 터였다. 하지만 아빠를 보고 이제 안전하다는 생각이 든 순간, 나는 울음을 터뜨 리고 말았다. 아빠가 나를 꼭 안아주었고 나는 셔츠에 달 라붙어 마른 흙을 손톱으로 긁었다.

아빠는 나랑 비슷했다. 말도 별로 없고, 공놀이하는 걸 본 적도 없었다. 하지만 나랑 다른 구석도 있었다. 아빠는 크게, 오래 웃었다. 웃어서 얼굴에 주름이 있었다. 그날 저녁식사 때 아빠는 소가죽으로 만든 검정 복싱글러브를 접시 옆에 올려놓았다. 아빠가 말했다. 인생에서 대부분의 경우는 상황이 모호하다. 하지만 옳고 그름이 분명할 때도 있다. 강자가 약자를 괴롭히는 것은 잘못이다. 그러고는 내일 복싱클럽에 등록을 해주겠다고 했다. 복싱글러브를 만져보았다. 가죽이 아주 부드러웠다.

그즈음 우리 집에 손님이 한 명 와 있었다. 이모였다. 영국에서 온 엄마의 이복여동생으로, 그날 식탁에 함께 앉아 있었다. 독일어에 서툴렀던 이모는 우리 집에서 묵었던 대부분의 날을 숲에서 보냈다. 나는 이모가 좋았다. 말이 잘 안 통해도 그랬다. 엄마는 나에게 이모가 머리가 좀 복잡하니 잘해주라고 했다. 그래서 나는 매일 오리 연못가에서 미나리아재비를 한줌씩 꺾어 이모의 침대 옆 테이블에 가져다놓았다. 한번은 교회 옆 사과나무에서 내 두 주먹을 합친 것만큼 큰 사과를 슬쩍 따서, 이모의 베개 밑에 넣어두기도 했다.

여덟 살까지 내겐 이모가 없었다. 그런데 외할아버지가 돌아가신 후 엄마는 영국에 사는 이복여동생이 있다는 사실을 알게 되었다.

이모는 외할아버지가 잠시 외도를 한 결과로 태어난 딸이었다. 할아버지는 평생 그녀를 딸로 받아들이지 않았다. 할아버지가 돌아가신 뒤 엄마와 이모는 서로 가까워졌다. 닮은 구석은 하나도 없었다. 외모부터가 그랬다. 엄마는 키도 크고, 밭일을 해서 팔도 굵었다. 반면 이모는 아담하다 못해 가냘팠다. 그 점은 나랑 비슷했다. 게다가 나는 이모의 숏컷 머리가 멋지다고 생각했다.

아빠가 복싱글러브를 테이블에 올려놓던 날, 이모는 조용히 빵만 먹었고 나는 이모 앞에서 그처럼 나약한 모습을 보이는 내가 부끄러웠다. 그러면서 이모는 체구도 작고 목에는 도무지 나을 기미가 없어 보이는 부스럼이 있는데도 전혀 약해 보이지 않는 게 놀랍다고 생각했다.

밤에 이모는 내 방으로 들어와 침대 옆 마루 벤치에 앉곤 했다. 지금도 나는 잠이 오지 않을 때 침대 옆 마룻바닥을 본다. 고개를 이쪽에서 저쪽으로 빠르게 돌리면, 한순간 그녀가 여전히 그곳에 앉아 있는 듯한 느낌이 든다.

그날 저녁 이모는 오랫동안 벤치에 앉아 나를 바라다보았다. 나는 약간 겁이 났다. 이상한 기분이 들어서였다. 이모는 내 손을 잡고 꽉 쥐었다. 이모 손이 어린 여자애 손 같았다.

이모는 독일어로 이야기했다. 생각보다 독일어를 꽤 잘했다. 억양이 좀 우스웠지만 난 웃지 않았다.

"너처럼 어릴 때, 나도 너랑 비슷했어."

"왜요?"

"아빠가 없어서."

"그게 이유였어요?"

"그땐 그랬어." 이모가 말했다.

우리는 오랫동안 그렇게 앉아 있었다. 나는 아빠 없는 삶이 얼마나 안 좋았을까를 상상하며, 엄지손가락으로 이모의 손등을 문질렀다.

"다른 애들이 이모를 힘들게 했어요?"

이모는 큰 한숨을 내쉬고는 힘주어 내 손을 쥐면서 그때까지 결코 들어본 적 없는 말을 했다. "걔네들이 네게 손가락 하나라도 까딱하면 나를 불러. 내가 걔네들 다 죽여버릴 테니까."

알렉스

한스는 아주 순수했다. 매력적이고 여린 눈을 지닌 아이였다. 눈빛은 우수에 잠기고, 눈동자엔 검은 빛의 외계 은하가 숨겨진 것 같았다. 나는 그날 밤 한스의 얼굴을 결코 잊지 못한다. 그는 알지 못했지만, 한스는 당시 나를 살아가게 해주는 몇 안 되는 이유 중 하나였다.

몹시 흐렸던 어느 날, 나는 정원 잔디밭에 앉아 있는 한스 옆으로 가서 앉았다.

"어때?" 내가 물었다.

그의 검은 머리칼은 동물 털처럼 억셌다. 내 곁에 앉은 그의 내면에서 나와 똑같은 무거움을 느꼈다. 낮에는 잠들었다가 밤이면 깨어나는 무거움.

"알렉스 이모, 난 슬퍼요." 그가 말했다.

한스를 안아주고 싶었지만 그러지 못했다. 나는 오랫동안 내가 사람들에게 너무 가까이 가면 나의 나쁜 생각이 그들에게 옮을 거라는 두려움에 사로잡혀 있었다. 스페인 독감처럼.

한스는 숲 위쪽에 있는 물과 같았다. 부드럽고 고요했다. 내가 그를 지켜주어야 했다. 언니는 그럴 수 없었다. 언니는 그를 애지중지 키우기만 했다. 아이들이 학교에서 그를 손봐주겠다고 벼르는 판에, 엄마가 눈물로 키스하며 아들을 보내는 게 무슨 소용 있겠는가.

나는 이따금 그가 복싱 연습하는 모습을 몰래 구경했다. 체육관 문 밖에 선 채 노란색으로 코팅된 유리문을 통해 지켜보았다. 나는 결코 아이를 원하지 않았다. 그 편이 더 나았을 것이다. 그럼에도 이 아이가 흔들리는 샌드백을 때리려 안간힘 쓰는 걸 보노라면 마음이 짠했다. 아이는 스스로를 지킬 것이다. 어떻게 하는 건지 알려주기만 하면.

한스

저녁햇살이 체육관으로 비쳐들었다. 천장에 고정한 체인에 샌드백이 매달려 있었다. 연습이 끝난 뒤 나는 땀이 식지 않은 상태로 자동차에 앉았다. 아빠는 내가 연습하는 걸 지켜보았고, 우리는 아무 말이 없었다. 그래도 아빠가 기뻐한다는 걸 알았다. 적어도 그때 나는 그렇게 생각했다.

아빠는 일주일에 네 번씩 나를 체육관에 태워다주고, 내가 연습하는 걸 구경했다. 그러고 나서 집에 가면 엄마가 구운 감자에 양파와 오이피클을 곁들여 주었다. 엄마는 그것을 농부들의 아침식사라 불렀다. 다 큰 후 몇 번 그 음식을 만들어 먹었지만, 영 그때 맛이 나지 않았다.

열흘쯤 지났을까. 지난번 아이들이 다시금 나를 패려고 했다. 나는 또 도망쳤다. 하지만 이번에는 잠시 달리다가 멈추었다. 뒤로 돌아서 주먹을 쥐어 보였다. 복싱 트레이너가 알려준 대로 오른 주먹은 턱 높이에 두고, 왼 주먹은 눈 높이로 올렸다. 아무도 내게 덤벼들지 않았다.

나는 손목 관절이 아플 정도로 열심히 훈련했다. 복싱은 나에게 다른 운동들과는 달랐다. 아무도 내가 즐거워할 거라고 기대하지 않았다. 그러나 복싱을 할 때 모든 아픔과 힘, 두려움을 지닌 채 혼자 있어도 되므로 나는 좋았다. 복싱을 하다 보면 피치 못하게 다른 남자아이들에게 다가가야 할 때가 있었다. 근거리에서 타격훈련을 할 때, 그들의 땀냄새와 몸의 열기가 느껴졌다. 당혹스러웠다. 처음에는 견디기 힘들었지만 차츰 익숙해졌다. 지금 돌아보면, 내가 다른 사람들을 참아줄 수 있게 된 건 권투로 치고받고 하면서부터다. 나는 팔을 쭉 펴서 거리를 두고 복싱하는 걸 좋아했다. 적수를 되도록 멀리 떼어놓은 상태로.

열세 살 때 나는 첫 시합에 나갔고 판정패했다. 상대가 누구였는지는 기억나지 않는다. 아빠는 링 옆에 앉아 있었다. 자동차에 올라타자 아빠는 내 손목에 뽀뽀를 해주며, 내가 최고로 자랑스러웠던 날이라고 말해주었다. 그 말만은 똑똑히 기억이 난다.

열다섯 살 되던 해 11월에 우리는 브란덴부르크로 시합을 하러 갔다. 가는 도중 베를린을 코앞에 두고 하벨 강을 횡단하는 다리를 건너는데 차도에 살얼음이 얼어 있었다. 자동차가 곡선을 그리며 가드레일 쪽으로 미끄러지자 아빠는 차에서 얼른 내려 뒤따라오던 차량 쪽으로 걸어갔다. 아들이 탄 차를 들이받지 않게 막으려는 거였다. 조수석에 앉아 있던 나는 공포에 휩싸였다. 백미러로 시멘트 차가 보였다. 시멘트 차 앞 유리에 '한지Hansi'라고 쓰인 빛나는 표지판이 붙어 있었다. 그 차가 앞면 그릴로 아빠를 들이받아 얼굴을 박살내버렸다. 시멘트 차는 보닛만 약간 일그러졌다. 장례식과 장례식 뒤 몇 달을 어떻게 보냈는지 기억나지 않는다.

6개월 뒤, 정원에 쓰러져 있는 엄마를 발견했다. 엄마는 내가 스크램블에그에 차이브(서양 부추)를 뿌려달라고 해서 정원에 나갔다. 엄마의 눈가에 눈물이 고이고, 엄마 옆 작은 바구니에는 나를 위해 잘라낸 신선한 차이브가 담겨 있었다. 나는 엄마를 바라다보았다. 엄마의 모습이 아름다워 보였다.

앰뷸런스를 부른 뒤 엄마 옆 풀밭에 앉은 나는 엄마의 폐에서 가르랑거리는 소리가 차츰 잦아드는 걸 느꼈다. 엄마는 내 손을 꼭 잡은 채 숨을 거두었다. 부검 결과 엄마의 사인은 벌 쏘임으로 인한 쇼크사였다. 벌 독이 알레르기 쇼크를 유발한 거였다.

엄마의 관은 벚나무 목재로 만들어졌다. 엄마의 바람에 따라 아빠가 이미 몇 년 전에 제작한 것으로, 꽃들이 조각된 아름다운 관이었다. 사람들은 작은 삽으로 무덤 속에 흙을 던져넣었다. 하얀 원피스를 입은 엄마의 이복동생은 흙을 한 줌 손으로 집어 관 위에 뿌렸다. 그 모습을 보니 엄마가 정원에 쪼그려 앉아 딸기를 따던 모습이 생각났고, 나도 흙을 움켜쥐었다.

아빠는 내 시합이 브란덴부르크에서 열렸기 때문에 돌아가셨다. 엄마는 내가 스크램블에그에 차이브를 넣어 먹으려 했기 때문에 돌아가셨다. 나는 이 모든 게 악몽이라고 생각했다. 며칠 동안 악몽에서 깨어나기를 기다렸다. 기다림은 헛된 것이었고, 깊은 어둠이 나를 채웠다. 너무나 강력한 어둠이어서 내가 그 어둠에서 살아남았다는 사실이 놀라울 정도다.

장례 뒤 이모는 울면서 내게 영어로 이야기했다. 말 한 마디 한 마디 할 때마다 이모의 왼쪽 눈꺼풀이 깜박였다.

나는 이모가 무슨 말을 하는지 이해하지 못했다. 울음이 나오지 않았다. 이제껏 한 번도 운 적이 없었으나 미친 듯이 소리를 지르고 싶었다.

교회 제단 위에 십자가가 걸려 있었다. 나는 십자가를 올려다보았다. 십자가의 예수상은 무표정했다. 나는 양복 재킷을 벗고는 왼손 새끼손가락과 손바닥이 만나는 중수골이 골절될 때까지 교회 벽을 주먹으로 내리쳤다.

알렉스

고야는 1792년에 귀머거리가 되었다. 열병 후유증이었다. 그 뒤 그는 마드리드 근교 시골집으로 이사를 하고 그 집 식당과 살롱 벽에 열네 점의 그림을 그렸다. 고야는 이들 그림에 제목을 붙이지 않았다. 다른 사람을 위해 그린 것이 아니라 자기 자신을 위해 그렸기 때문이리라. 이 그림들은 *Las pinturas negras*라 불린다. '검은 그림'이라는 뜻이다. 멋진 이름이다.

검은 그림은 폭력과 혐오, 광기로 가득한 어둡고 그로테스크한 작품들이다. 천부적이다. 그 작품들을 보는 건 고통스럽다. 검은 그림들 중 하나에는 자신의 자식을 잡아먹는 사투르누스 신의 모습이 담겨 있다. 신탁이 그에게 자식 중 하나에게 지배권을 빼앗길 거라고 예언했기 때문이다. 어떤 사람들은 고야가 청각을 잃는 바람에 정신이상이 왔다고 말한다. 이 광기는 그림 속 사투르누스의 눈에서 나타난다.

이 그림들이 내게 이야기를 한다고 느끼는 건 내 질병 때문일까, 아니면 다른 사람들도 그런 걸까?

언니가 죽었을 때 광기는 이미 내 삶에 찾아왔다. 틀림없다. 많은 것들이 그 점을 뒷받침한다. 의사들은 광기라 부르지 않았다. 이인증과 트라우마를 입에 올렸다. 그러나 나는 스스로 광기와 싸웠음을 안다. 나 혼자 그것을 이겨 내야 했다. 한스를 내게로 데려왔다면, 우리 둘 다 파멸해 버렸을 것이다. 어두운 생각들이 그에게 전염되었을 것이다. 나는 정상적인 가정에서 자라지 못한다는 게 무얼 의미하는지 잘 알았다. 그리고 나는 한스에게 정상적인 가정을 만들어 줄 수 없었다. 기숙학교라면 안전했다.

고야의 사투르누스 그림은 캔버스에 옮겨져 지금은 프라도 미술관에 걸려 있다. 모두가 사투르누스의 눈에 주목한다. 정작 중요한 건 그 부분이 아니다. 관객들이 너무 혼란스러울까봐 복원자가 덧칠해서 어둡게 만들어놓은 부분이야말로 이 그림의 핵심이다. 나는 그림을 상세히 뜯어보았다. 자세히 보면 사투르누스 신의 하복부 어두운 부분에 고야가 그려놓은 발기된 성기가 숨어 있다.

틀림없이 나는 그 아이를 심연의 나락으로 끌어내렸을 것이다. 당시 나는 내가 아니었다.

한스

말은 떠났고, 나는 기숙학교로 왔다. 이모가 나의 양육권자로 지정되었다. 이모가 나를 자기 집으로 데려갈 거라고 짐작했지만, 이모는 그러지 않았다. 이유를 묻지는 않았다. 이모는 숲의 우리 집을 팔아서 그것으로 예수회 학교 학비를 치렀다. 기숙학교를 소개하는 소책자에는 이렇게 적혀 있었다.

> 모든 학생이 질서정연한 기숙학교 생활을 통해 배움에 힘쓰고 능력을 갈고 닦기 위해서는, 평소 예의와 질서를 지키고 동급생들을 존중하고 배려해야 한다.

이 글귀를 읽으니 불안해졌다.

내 트렁크에는 바지와 셔츠 각각 다섯 벌, 속옷, 양말, 아빠의 스웨터, 엄마의 목걸이, 모자, 벚나무 가지, 줄이 그어지지 않은 갈색 일기장, 소가죽으로 만든 검정 복싱글러브 한 켤레가 담겼다.

요한 학교는 바이에른 숲 기슭에 있었다. 탑이 있고 담이 톱니바퀴 모양으로 둘러쳐진 게, 얼핏 기사의 성을 연상시켰다. 수백 년 동안 예수회 명상센터로 사용되었고, 2차 대전 때는 저항조직인 크라이자우어 크라이스Kreisauer Kreis 멤버들이 모여 아돌프 히틀러 암살을 모의한 건물이었다.

기숙학교를 처음 방문하던 날, 전나무들 사이로 햇살이 비치고 푄 바람이 이탈리아의 따뜻한 기운을 실어다주었다. 뭔가 속고 있는 기분이었다.

첫날 교장선생님이 나를 불렀다. 교장선생님은 젊고 친절한 남자였다. 우리는 리넨 테이블보가 씌워진 탁자에 마주 앉았다. 나는 탁자 모서리 아래로 테이블보를 만지작거리며 엄마의 노란색 리넨 원피스를 생각했다.

교장선생님이 내게 시간이 필요할 거라며 그 점을 십분 이해한다고 말했을 때, 나는 그가 아무것도 이해하지 못한다는 걸 알았다. 이마에 사마귀가 난 그는 아무 이유도 없이 실실 웃었다. 그가 계속 뭔가를 메모했는데, 나는 그게 무슨 내용인지 궁금해졌다.

요한 학교에서 모든 학생은 월요일 아침마다 소변 샘플을 제출했다. 소변에서 약물 성분이 검출되지 않는지 검사하는 것이다. 학생들은 부유한 사업가의 자제이거나 약물 복용 전력이 있는 아이들이었다. 그 아이들의 부모는 수도사들이 자기 아들을 더 잘 다룰 거라고 믿었다.

성에는 열두 명의 수도사가 있었다. 열한 명은 가르치는 일을 했고, 한 명은 요리사였다. 요리사 게랄트 신부는 수단 출신이었다. 나는 그가 좋았다. 다른 신부들과 달리 미소가 슬펐기 때문이다. 게랄트 신부는 말수가 적었다. 말을 할 때 영어를 사용했는데 목소리가 묵직하고 생경했다. 그는 모든 음식을 너무 물컹하게 조리했다.

첫날 세면실에 가보니 세면대가 벽을 따라 줄지어 늘어서 있었다. 세어보니 마흔 개였다. 모두 같은 시간에 세안을 하는 듯했다. 밤이 되자 몇몇 아이들이 내게 꽁꽁 뭉친 종이 공을 던졌다. 나는 모르는 척 했다. 나중에는 내 베개를 빼앗았다. 두세 주쯤 지났을까. 점심을 먹으려고 식당에 줄을 섰는데 학년이 높은 아이 하나가 손바닥으로 내 뒷목을 때렸다. 얼굴이 귀까지 붉게 달아올랐지만 그냥 히죽 웃고 말았다. 달리 어떻게 해야 할지 몰랐기 때문이다. 많이 아프지도 않았다. 녀석이 내 뒤에 서서 큰 소리로, 엄마가 보고 싶어 밤마다 자면서 흐느끼는 거냐고 놀렸다. 나는 뒤돌아 주먹으로 그 아이 얼굴에 훅을 날렸다. 마멀레이드 병뚜껑이 열릴 때와 같은 소리가 났다.

그 모습을 지켜보던 게랄트 신부가 내 팔을 잡아 끌어냈다. 나는 퇴학당할 거라고 생각하며 속으로 좋아했다. 영국의 이모에게 가고 싶었기 때문이다. 나는 기숙학교 수도사 몇 명이 아이슬란드 하이테크 기업에 투자했다가 재단 재산을 날려버리는 바람에 돈이 필요하다는 사실을 알지 못했다. 또 내 훅을 맞은 상대가 골치 아픈 말썽꾸러기라 교장으로서는 그가 병동에 누워 있는 쪽을 오히려 반긴다는 사실도 알지 못했다. 교장선생님은 벌로 내게 지하 포도주 저장실을 정리하라고 시켰다.

훅을 날린 뒤 다른 아이들은 나를 건드리지 않았고, 나는 그들이 내 수학 숙제를 베끼게 빌려주었다. 한번은 내가 숲에서 숨바꼭질하며 놀고 싶은 사람 있냐고 물었다. 그걸 물을 용기를 내기 위해 며칠을 별렀다. 하지만 함께 하겠다고 나서는 아이는 없었다. 그들은 숨바꼭질 놀이가 유치하다며 킥킥댔다. 아마도 내 이야기를 더 많이 하는 편이 좋겠다는 생각이 들었다. 그래서 이야기를 했다. 오렌지는 모험을 한 뒤에 먹으면 맛있고, 여자아이들 목덜미의 보드라운 털은 꼭 솜사탕 같다고. 그러자 아이들은 조소를 퍼부었다.

수도사 중 한 명이 나에게 다른 아이들보다 가난한 것에 개의치 말라며 성경 한 권을 주었다. 비단 끈이 달린 성경이었다. 비단 끈이 끼워진 부분을 폈더니 구약의 '욥기'가 나왔다. *주신 이도 하느님이요, 거두신 이도 하느님이시니, 나는 하느님을 찬양합니다*라는 구절이 눈에 들어왔다. 교회 탑에 올라가 바이에른 숲으로 그 성경을 던져버렸다.

그나마 내가 이성을 유지한 건 혼자서 시간을 보낼 수 있었기 때문이다. 나는 혼자 있는 걸 아주 좋아했다. 책을 읽고, 숲을 산책하고, 새들을 관찰했다. 나는 그런 일에 능했다.

한번은 종교수업 시간에 '창세기'를 배운 뒤, 세상이 노아 때처럼 멸망한다면 나는 과연 어떤 사람 백 명을 구해 줄 것인지를 생각해보았다. 방주에 태우고 싶은 사람이 백 명도 떠오르지 않았다. 물론 게랄트 신부 집안 식구들을 모두 태운다면 방주를 가득 채울 수가 있었다. 하지만 이런 생각은 부분적일 뿐, 나를 정말로 불안하고 슬프게 하는 건 따로 있었다. 아무도 나를 자신의 방주에 들여보내지 않을 거라는 예감.

부모님이 보고 싶고, 숲속 집이 그리웠다. 오래된 마루 냄새와 아버지가 만든 가구들, 나의 추억이 서린 서늘한 벽 모퉁이들이 그리웠다. 그것은 마치 복싱시합 직전 체급을 맞추기 위해 2킬로그램을 빼던 때 느꼈던 배고픔과 비슷했다. 배가 고플 때는 뱃속에 구멍이 뚫린 것 같았는데, 외로움은 전신에 구멍을 뚫은 느낌이었다. 내가 겉껍데기만 남은 것 같았다.

알렉스 이모는 처음에 매달 한 번 꼴로 영문 편지를 보냈다. 주로 영국의 대학에서 있었던 일들을 적은 편지였다. 나는 이모에게 긴 편지를 썼다. 시끄러운 기숙사와 다른 아이들 이야기, 얼굴 없는 아빠가 꿈에 나온 이야기. 그러나 이모는 별다른 반응이 없었다.

나는 주먹다짐을 한 벌로 포도주 저장실을 청소했다. 그곳은 서늘하고 길쭉했다. 간혹 나는 그곳에서 공중으로 몇 번 주먹을 날렸다. 기숙학교에서 복싱을 계속 해도 되는지 물어보지 않았다. 글러브는 여전히 침대 밑 트렁크 속에 있었다. 포도주 저장실에서 셔츠를 벗고 공중으로 맨주먹을 날렸다. 주먹에서 땀이 흘러 훅을 날릴 때마다 와인 병으로 뚝뚝 떨어졌다. 어둠속에서 그림자 하나가 움직였다.

"왼손이 너무 낮아."

나는 신부를 쳐다보았다. 약간 화가 났다. 검은 가운 차림이라 게랄트 신부가 여기 있었다는 걸 알아채지 못했다.

"왼손이 너무 처지잖아." 신부는 그렇게 말하더니 자신의 오른손을 위로 올려 포커스미트처럼 손바닥을 폈다. 그의 다리 자세를 보자마자 나는 게랄트 신부가 복서라는 걸 알아챘다. 잠시 주춤거리던 내가 그의 분홍색 손바닥에 레프트스트레이트를 날렸다. 흑인들의 손바닥은 왜 분홍 빛깔일까?

게랄트 신부는 한 걸음 뒤로 물러나 양손을 들었다. 나는 레프트, 라이트 번갈아 스트레이트를 쳤다. 신부가 훅을 날려보라는 몸짓을 했고, 나는 허리를 낮췄다. 콤비네이션 블로를 하면서 펀치 속도를 높였다. 주먹으로 손바닥을 때리는 소리가 저장실에 울려퍼졌다. 그것은 말없는 대화의 리듬이었다. 게랄트 신부는 마지막으로 나에게 세 번

연속, 라이트 펀치를 날리라고 했다. 통증으로 얼굴을 일그러뜨리던 그가 웃었다.

"난 게랄트."

"난 한스."

정말이지 오랜만에, 자발적으로 이루어진 나의 첫 대화였다.

"고맙습니다." 내가 인사했다.

다음날 배낭에 복싱글러브를 넣어서 포도주 저장실로 갔다. 게랄트 신부는 작고 단단한 소파 쿠션 두 개에 주방용 칼로 자신의 손이 들어갈 만큼 구멍을 뚫어서 왔다. 내가 쳐본 가장 부드러운 포커스미트였다.

"렛츠 고!" 게랄트 신부가 외쳤다.

한스

기숙학교의 날들이 흘러갔다. 포도주 저장실에 있지 않을 때는 탑에 올라가 교회 종 옆에서 시간을 보냈다. 그곳이라면 방해받지 않고 책을 읽을 수 있었다. 때로 숲 가장자리를 바라다보면서 대학 입학 뒤 좀 더 나은 삶을 시작하는 내 모습을 떠올리며 몽상에 잠겼다. 신부가 줄을 당겨서 수도원 종이 울릴 때는 귀를 막았다.

편지 한 통을 받았다. 엘리자베스 2세 여왕의 옆모습이 그려진 연보랏빛 우표 두 장이 붙어 있었다. 앞면에 작게 적힌 내 이름이 보였다. 부드럽고 둥근 글씨체를 보자마자 알렉스 이모가 보낸 편지라는 걸 알았다. 자상한 내용은 아니었지만, 알렉스의 편지를 받을 때마다 기뻤다. 내가 받는 유일한 편지였기 때문이다.

처음 두 번의 방학을 이모에게 가서 보냈다. 하지만 알렉스는 온종일 일을 했고 저녁에 우리가 식탁에 앉아 따뜻한 맥주를 마실 때면 많이 울었다. 알렉스는 매일같이 식탁에 맥주를 놓았다. 마치 그것이 평범한 일상이라는 듯. 울 때마다 나에게 미안하다고 했다.

그 뒤 나는 더 이상 알렉스에게 가지 않았다. 연휴나 여름방학이 와도 수도원에 남았다. 기숙학교에는 독일어 책으로 가득한 서가가 있고, 게랄트 신부와 복싱도 할 수 있었으니까. 아주 좋지는 않았지만, 알렉스에게 가 있는 것보단 나았다. 이모 곁에 있으면 내가 세상에서 가장 외로운 사람이 된 기분이 들었다.

연갈색 종이에 영어로 쓰인 편지 내용은 매우 간략했다.

한스,

오랜만이구나. 잘 지내고 있지? 너를 케임브리지로 초청하려고 해. 네가 도울 수 있을 듯한 일이 있어. 여행 경비는 세인트 존스 칼리지에서 부담할 거야.

사랑을 전하며, 알렉스

나는 편지를 읽고 또 읽었다. 시선은 매번 *네가 도울 수 있을 듯한 일이 있어*라는 대목에서 멈추었다. 내가 누구를 돕는단 말인가? 무엇으로? 그럴 만한 게 떠오르지 않았다. 이야기는 잘 들어줄 수 있을지 모른다. 나는 별로 말이 없으니까. 게랄트 신부는 나에게 복싱에 재능이 있다고 했다. 하지만 링에 서지 않은 지 오래되었다. 성적은 좋았다. 열심히 공부했기 때문이다. 혼자 있는 것보다는 책들과 함께 있는 편이 나았다. 나의 유일한 친구는 수단 출신 신부였다. 그러나 나보다 두 배는 나이가 많았으므로 친구라고 부르기가 좀 애매했다. 그때 나는 그렇게 생각했다.

내가 교회 탑에서 뛰어내린다 해도 슬퍼할 사람은 없을 것 같았다. 이상하게도 뛰어내리고 싶다는 충동을 느낀 적은 한 번도 없었다. 다만 맥주를 함께 마실 친구가 있었으면 좋겠다고 생각했다.

알렉스의 하얀 원피스가 생각났다. 알렉스와 한 번도 긴 대화를 나눈 적이 없었다. 이모가 내 방 침대 옆에 앉아 있었던 밤 이후, 나는 그녀가 평범하지 않다는 걸 알았다.

엄마가 세상을 떠난 뒤 구글에서 이모를 검색한 적이 있다. 이모가 후원하는 장애아동 복지재단 웹사이트에 약력이 나와 있었다. 한 번 읽는 것만으로 대부분의 사항이 머릿속에 입력되었다. *알렉산드라 비르크. 북잉글랜드 스토크 온 트렌트 출생, 케임브리지 대학교에서 미술사 전공, 뉴욕 어딘가에서 박사학위 취득, 28세에 케임브리지 대학교 교수.* 15세에 국전에서 2위로 입상했으며, 시상식 때 난생 처음으로 미술관에 들어가 보았다고 쓰여 있었다. 18세기 유럽 미술 전문가로, 여가 시간에는 울트라 마라톤을 한다는 내용도 소개되었다. 42킬로미터 정도의 마라톤 풀코스보다 더 먼 거리를 달린다는 뜻이었다.

편지를 받은 저녁, 이불을 들고 교회 탑으로 올라갔다. 그동안 얼마나 자주 이모가 꼬불꼬불한 도로를 달려, 나를 데리러 와주기를 바랐던가. 여름방학이 시작될 때 동급생의 부모들이 하는 것처럼, 나를 품에 안고 데려가 주기를…. 그런데 그녀가 이제 나를 데려가려 한다. 내가 필요한 일이 있기 때문에….

교회 탑 위에서 나는 알렉스의 군은 표정과 지방 한 점 붙지 않은 홀쭉한 뺨을 떠올렸다. 알렉스 비르크는 나를 결코 품에 안아주지 않았다. 장례식에서도 그러지 않았다.

밤은 추웠고, 교회 탑 안으로 바람이 들이쳐 종이 낮게 울렸다.

2주 뒤 나는 케임브리지 세인트 존스 칼리지의 예배당 뜰에 면한 집무실에 앉아 알렉스의 어깨 너머 벽에 걸린 그림을 올려다보고 있었다. 대체 저 그림은 오래되어 색이 바라 거무스름해진 걸까 아니면 원래 어두운 색으로 그려진 걸까, 혼자 질문했다.

　알렉스의 집무실 앞마당은 포석이 깔려 있어 중세의 도로를 연상시켰다. 어쩌면 정말로 중세에 깐 포석일지도 모른다. 수백 년 동안 무수한 학생들의 딱딱한 가죽신발 밑창에 돌 모서리가 닳아 둥그스름해진 상태였다. 나는 뜰에서 30분 동안 벽에 기댄 채 케임브리지 학생들을 구경하고 온 참이었다.

　처음에는 케임브리지 학생들이 내가 다니는 기숙학교 아이들과 별반 다를 게 없어 보였다. 피부색도 제각각이고 면바지, 미니스커트, 양복까지 옷차림도 다양했다. 배낭을 멘 사람도 있고, 서류가방이나 천가방을 든 사람도 있고, 맨손으로 책을 들고 다니는 사람도 있고…. 케임브리지만의 특성 같은 건 보이지 않았다. 하지만 한참을 살피다 보니 특히 남학생들이, 평소의 나보다 고개를 더 높이 치켜들고 다니는 게 눈에 들어왔다. 자신들이 누구인지 잘 아는 것처럼. 아무튼 내게는 그렇게 보였다.

알렉스의 연구실은 어두운 색 목재로 마감돼 있었다. 하얀 책장은 이케아 제품처럼 보였다. 방안을 가득 채운 책들은 책장 앞쪽 모서리에 맞추어 가지런히 정렬된 상태였다. 책상이며 선반이며, 모든 것이 먼지 하나 없이 깨끗했다. 더러움이라곤 찾아볼 수 없었다.

우리는 낯선 사람들처럼 악수했다. 아니 우리는 서로가 낯설었다.

나는 워낙 침묵에 익숙했다. 알렉스도 내 눈에서 뭔가를 읽으려는 듯 찬찬히 바라볼 뿐 아무 말도 하지 않았다.

"음, 여기 정말 아름답네요." 내가 먼저 말을 꺼냈다.

"그래. 이곳이 케임브리지에서 가장 아름다운 칼리지라고들 해."

"그렇군요. 포석도 예쁘고요."

나에게는 칼리지들이 모두 똑같아 보였다. 두텁고 오래된 벽 속에 숨겨진 느낌이랄까.

알렉스는 시종일관 내게서 시선을 떼지 않았다.

"이 칼리지 누가 세웠는지 알아?"

"레이디 마거릿 보퍼트." 순간 이름을 알고 있어서 다행이라는 생각이 들었다. 캠퍼스를 돌아보면서 기념석을 읽었다.

"어떻게 세웠는지도 알아?" 알렉스가 물었다.

나는 고개를 저으며 창밖을 내다보았다. 아시아계 여자 관광객들이 아이패드를 들고 사과나무 앞에서 사진을 찍고 있었다.

"레이디 마거릿은 1509년에 사망했어. 비둘기 뼈로 인한 질식사였지. 그런데 그녀의 친구인 성 요한 피셔 추기경이 그녀가 사망하기 직전에 케임브리지에 칼리지 하나를 설립해달라고 부탁하던 참이었거든. 피셔는 용감한 남자였을 거야. 아니면 사기꾼이거나. 아무튼 그는 레이디 마거릿이 세상을 떠난 뒤 그녀의 유서에 검은 잉크로 유산 일부를 세인트 존스 칼리지를 짓는 데 사용하라는 내용을 첨가했지."

알렉스는 한순간 말을 멈추었다.

"내가 왜 이 말을 하는 것 같아?" 알렉스가 물었다.

나는 어깨를 으쓱했다.

"때로 속임수가 좋은 일을 하는 수단이 된다는 거야."

나는 신발 속에서 발가락을 꼼지락거렸다. 불안할 때의 버릇이었다. 말을 잘못 들었나? 귀를 의심했다. '속임수'라는 말이 마음에 들지 않았다.

"한스, 난 네가 여기서 공부했으면 해. 장학금을 받을 수 있도록 주선해줄게. 대신 특정 동아리에 들어가면 돼. 넌 아직 들어본 적이 없겠지만, 피트 클럽이라는 게 있어."

알렉스는 나를 바라보며 반응을 기다렸다.

"죄송해요." 나는 이유 없이 그렇게 말했다. 하지만 알렉스는 대꾸를 하지 않았다.

뜰에서는 이제 아시아계 여자들이 공중으로 뜀뛰기를 하며 사진을 찍었다. 아이패드 카메라의 릴리즈가 느린 듯, 여자들은 뛰어오르고 또 뛰어올랐다.

알렉스는 계속해서 이야기했다. 차분한 목소리였다.

"네 임무는 대학의 복서들이 그곳에서 무얼 하는지 알아내는 거야. 너도 복싱을 하잖아?"

"죄송해요. 무슨 말인지 못 알아들었어요." 내가 말했다.

"이상하게 들린다는 거 알아. 남학생들로만 이루어진 클럽이 있어. 스스로 상당히 잘났다고 생각하는 놈들이지."

"클럽?"

"대학생들의 동아리야. 수백 년 전통을 가진."

"모두가 복싱을 해요?"

"안 하는 애들도 있어. 그런데 클럽 내에 일종의 결사가 있는 것 같아. 추측일 뿐이지만 짚이는 게 있어. 사회 유력 인사들 중에도 여기서 권투를 한 사람들이 많거든."

"뭘 추측해요?"

"지금은 말해줄 수 없어." 알렉스가 대꾸했다.

"왜요?"

"네가 클럽에서 이상한 질문을 던지면 안 되니까."

"그러니까 날더러 이유도 모른 채 영국으로 유학을 오라고요?"

"그렇다고 볼 수 있지." 그녀가 대답했다.

나는 벽에 걸린 그림을 뚫어져라 바라보며 마음을 가라앉히려고 애썼다. 하지만 불가능했다.

"미친 짓이에요" 내가 말했다.

"그런 말 함부로 하는 거 아니야."

"내가 왜 이리로 와야 하죠?"

"이곳은 세계에서 가장 좋은 대학이야."

"하지만 이모 말이 다 정신 나간 소리로만 들려요"

"물론 넌 가명을 사용하게 될 거야. 우리가 친척인 게 알려지면 안 되니까."

나도 모르게 피식 웃음이 나왔다.

"용건이 뭐죠?"

"범죄에 관련된 거야, 한스. 네 도움으로 범죄를 밝혀내야 해."

나는 한동안 가만히 앉아 있었다.

"범죄라." 내가 낮게 중얼거렸다.

"피트 클럽에서 일어나는." 알렉스가 덧붙였다.

"경찰은 뭘 해요?"

"경찰은 우리를 도울 수 없어."

"알렉스, 제발. 지금 내가 이해 못 하는 농담하는 거죠?"

하지만 그녀는 진지했다.

"난 농담 같은 거 하지 않아."

밖을 내다보았다. 아시아 여자들 중 하나가 스웨터를 위로 한껏 올려 가슴을 드러내고는 사과나무 앞에서 사진을 찍고 있었다. 끝내주는 가슴이었다.

나는 말을 더듬었다.

"생각 좀 해봐도 돼요?"

"물론이지."

이 순간 온 세계가 꼬여버렸다. 알렉스는 내게 손을 내밀었고, 이번만큼은 우리가 허그로 인사하지 않은 것이 다행스러웠다.

나는 빠른 걸음으로 알렉스의 방을 나왔다. 교정에서 수위에게 왜 다들 이 사과나무 앞에서 사진을 찍느냐고 물었다. 중산모를 쓴 수위 아저씨는 아이작 뉴턴이 그 나무 아래 앉아 있다가 머리에 사과를 맞았다고 믿기 때문이라고 알려주었다. 하지만 원래 공원에 있던 진짜 뉴턴의 사과나무는 전쟁 때 베어져 땔감으로 쓰였다고 덧붙였다.

역으로 돌아가기 전, 나는 한동안 시내를 쏘다니며 주변을 둘러보았다. 칼리지의 캠퍼스를 산책하며 돌출된 창문들과 도서관, 오래된 벽들을 구경했다. 알렉스는 내가 처음 이곳을 방문했을 때, 이곳이 어떻게 돌아가는지 설명해주었다. 학생들이 거주하는 독립적인 칼리지들이 모여 대학을 구성한다고 했다. 꽤나 복잡하게 들렸다.

돌 하나하나가 지금껏 살면서 내가 생각하거나 만져본모든 것보다 더 중요한 것만 같은 인상을 풍겼다. 작은 성처럼 보이는 칼리지마다 수위들이 근위병 같은 모습으로서 있었다. 킹스 칼리지에는 대성당만한 크기의 예배당이있었다. 예배당 뒤편 풀밭에서 하얀 소가 풀을 뜯었다. 곤빌 앤드 캐이어스 칼리지Gonville and Caius College에는 수선화가 자라고 있었다. 지나가면서 관광가이드의 말을 들으니, 스티븐 호킹 박사가 자유롭게 다닐 수 있도록 이곳 모든 계단에 휠체어 경사로가 마련되었다고 한다. 트리니티 칼리지 정문 앞을 지키는 수위는 보랏빛 안감을 댄 망토를 두른 모습이었다. 문을 통과해 칼리지 안쪽으로 들어가려는데 수위가 나를 막아서며 뭐라고 했으나 알아듣지 못했다. 잔디 위에는 잔디밭에 들어가지 말라는 경고 문구를 담은 팻말들이 꽂혀 있었다.

날이 어스름해지고 옅은 안개가 도시에 드리웠다. 영국 음식인 선데이로스트 냄새가 났다. 대학생들이 부지런히 캠퍼스를 오갔다. 아까는 제각각으로 보이더니 이제 거의 모두 양복이나 스웨터, 블라우스 위에 검은 가운을 걸치고 있어서, 다소 중후하고 나이든 느낌이었다. 흡사 마법사들처럼, 공동체적인 분위기가 물씬 풍겼다. 젊은이들이 모두 한 지점을 향해 움직이는 듯해 따라가 보았다. 세인트 존스 칼리지 예배당으로 들어가고 있었다. 크고 웅장한 건물. 알록달록한 스테인드글라스 창문에다 돔 지붕을 가지고 있었다. 합창단이 노래를 부르기 시작했다. 높은 음의, 처음 듣는 성가였다. 나는 대학생들이 서로 귓속말하는 모습을 지켜보았다. 다들 얼마나 행복해 보이는지. 혼자인 사람은 아무도 없는 듯했다.

뮌헨에 도착해서 핸드폰을 보니 알렉스의 메시지가 떴

다. 잘 갔느냐고 묻지도 않은 채 단 한 문장만 적혀 있었다. *예술가는 타인에게 어떤 방식으로 자기 거짓말의 진실성을 설득할 수 있을지를 알아야 한다.* —파블로 피카소. 난 답장을 보내지 않았다.

알렉스

서류는 책장의 서류철에 넣고, 노트북은 서랍에 넣었다. 책상 위에 아무것도 없도록 정돈을 했다.

한스는 할 것이다. 그는 잘생긴 청년으로 자랐다. 아직 영문을 모르지만, 그는 해낼 것이다. 어릴 적 한스가 복싱 연습을 하며 힘쓰던 모습이 떠오른다. 바로 그렇게 그는 지금도 용기를 낼 것이다. 그는 올 것이다.

집에서 나는 위스키 한 잔을 마시고 꽃과 몇몇 허브를 키우는 작은 정원으로 나가 담배를 세 대 피웠다. 부활절 장미가 거의 다 졌다. 현관문을 이중으로 잠그고 침실로 들어갔다.

빛 한 오라기 스며들지 않는 블라인드를 제작해줄 회사

를 찾는 건 쉽지 않았다. 더블린에서 전문가를 불러 제작했다. 침실 문을 닫고, 블라인드를 내렸다. 지옥도 이렇게 깜깜하겠지, 생각하며 천천히 숨을 내쉬었다.

침대에 누워 샬로테를 생각했다. 이것이 우연일까? 늘 하던 대로, 오른쪽 침대 모서리에 달린 고리를 열어 그곳에 손목을 넣고 다시 잠갔다. 밤에 자다가 손으로 내 목덜미를 긁지 않도록.

한스

대학입학 자격시험까지 몇 달을 도서관에서 살다시피 했다. 종종 알렉스를 잊어버릴 정도로 공부에 전념했다. 때로 케임브리지 대학생들이 입고 다니는 검은 가운과 내가 케임브리지에 가면 어떤 생활을 하게 될지를 상상했다. 물리와 수학 분야에서 대학입학 자격시험을 치렀다. 졸업미사 때는 예배당 뒷줄의 게랄트 신부 옆에 앉았다. 알렉스는 오지 않았다. 알렉스에게 편지로 졸업식 일정을 적어 보냈다. 예전의 제안에 대해서는 언급하지 않은 채.

한 학생이 바그너의 '저녁별의 노래'와 헤르베르트 그뢰네마이어의 가곡을 불렀다. 교장선생님은 내 앞줄에 앉아 노트에 메모를 했다. 힐끗 보니 저런 음악은 교회에 어울리지 않는다는 점을 잊지 않고 합창단장에게 지적하기 위함이었다. 교장선생님은 졸업식 훈화에서 '마가복음'을 인용하며 요한 학교 졸업생으로서 국가사회주의에 대항해 투쟁을 벌였던 예수회 신부 로타르 쾨니히 이야기를 했다. 교장선생님은 모두가 쾨니히 신부를 본받아야 한다며, 쾨니히 신부는 전쟁이 끝날 때까지 지하에서 나치에 대한 저항운동을 펼쳤다고 강조했다. 자발성과 인문주의적 사고야말로 요한 학교가 지향하는 가치라고도 했다.

기숙학교 도서관에 유명한 이곳 졸업생들의 삶을 기록한 책이 한 권 있었다. 폭설에 갇혀 오도가도 못 했던 어느 겨울, 나는 로타르 쾨니히의 삶을 다룬 장을 읽은 적이 있다. 쾨니히는 베를린에서 열린 정당대회에서 소총으로 히틀러의 뒤통수를 저격할 계획을 세웠다. 하지만 발각돼 플로센뷔르크의 나치 강제수용소로 끌려갔고, 1946년 그곳에서 결핵으로 생을 마감했다.

졸업 미사가 끝나고 게랄트 신부와 포옹으로 작별의 인사를 나눈 뒤 트렁크를 끌고 걸어서 기숙학교를 나섰다. 가까운 마을까지 꼬불꼬불한 산길을 걸어 내려가는 동안 동급생들이 탄 자가용이 내 곁을 지나쳤다. 목에 경련이 이는 느낌이었다. 너무 오래된 경련이라 으레 그러려니 해온…. 하지만 오늘 마침내 눈물이 터졌다. 나는 눈물을 닦지 않았다. 내가 우는 걸 보고 동급생들이 경적을 울려도 개의치 않았다.

알렉스의 차가 올라오고 있었다. 그녀는 렌터카를 몰고 왔다. 작은 차였다. 어떤 차든 그녀가 나를 데리러 왔다는 사실이 중요했다. 너무 늦었지만, 3년을 기다린 마당에 한 시간 정도는 중요하지 않았다.

알렉스는 검정 가죽재킷을 입고 목에는 실크머플러를 두르고 있었다. 시골길에 차를 세우고, 조수석 문을 열어주었다.

"졸업 축하해." 그녀가 인사했다.

"오셨네요." 내가 대답했다

우리는 시골길을 따라 달렸다. 무슨 말을 해야 할지 몰라 멍하니 있던 나는 알렉스가 입을 여는 바람에 화들짝 놀랐다.

"5주 뒤에 학기가 시작돼."

"뭐라고요?"

"내가 다 조율해놨어."

잠시 화를 낼까 고민했다. 하지만 솔직히 기뻤다.

"내가 왜요?" 한참 가만히 있다가 그렇게 물었다.

"널 믿어." 알렉스가 말했다.

한참을 침묵하던 그녀가 또 이렇게 말했다. "나에겐 네가 필요해. 네가 생각하는 것보다 더."

나는 만 열여덟 살이 되었고, 지난 3년 간 나를 구원해줄 변화를 꿈꾸어온 터였다.

"알겠어요." 작지만 또렷한 목소리로 나는 대답했다.

학기 시작이 4주 넘게 남았지만 나는 알렉스와 함께 영국으로 날아갔다. 가자마자 너무 일찍 온 걸 후회했다. 박사과정생들과 몇몇 파키스탄 출신 학생들 말고는 칼리지가 텅 비어 있었다. 파키스탄 학생들은 커리 냄새를 풍기며 직접 조립한 헬리콥터를 예배당 뜰에서 날렸다. 내 방은 작고 천정이 낮은 데다 위풍이 심했다. 난로가 있었던 자리는 벽돌로 막아놓았다.

알렉스는 학기 시작 전에 딱 한 번 내 방을 찾아와 악수를 건네면서 자신이 아는 박사과정생이 나를 도와줄 거라고 말했다. 학기가 시작되고 나서 첫 목요일 밤 8시에 트리니티 홀 뒤편 다리에서 만나기로 약속을 잡았으니 나가보라고 했다.

"이름이 뭔데요?" 내가 물었다.

"본인이 직접 알려주겠지." 알렉스는 그렇게 말한 뒤 가버렸다.

나중에 알렉스에게 메시지를 보내 산책을 하지 않겠느냐고 물었다. 이곳에 와서 처음 며칠 동안, 알렉스가 나에게 시내 구경을 시켜주고 맥주를 사주지 않을까 헛된 기대를 품었다. 오래지 않아 그것이 얼마나 유치한 바람이었는지를 알았다. 답장은 오지 않았다.

다음주 목요일, 20분 먼저 약속 장소로 나갔다. 케임브리지를 가로지르는 캠 강 위에 놓인 다리에 오르니 물속에서 말 냄새가 풍겼다. 난간에 몸을 기대고 물을 들여다보았다. 재킷에 초록 이끼자국이 남았으나 개의치 않았다.

그녀는 민소매 후드티를 입고 있었다. 멀리서 오는 그녀를 보자마자 나를 알아봤다는 느낌이 들었다. 하지만 그녀가 내 뒤에서 두 번 다리를 왔다갔다 하는 동안 물속만 응시하며 모르는 척 했다. 먼저 말을 걸기가 좀 어색했다.

"한스?"

그녀의 음성은 부드러웠다. 나는 뒤돌았다. 그녀에게서

비누 향과 또 다른, 민트사탕 향기 같은 냄새가 풍겼다. 속눈썹이 길고, 머리칼은 금발이었다. 웃으면 뺨에 보조개가 팰 것 같았다. 하지만 그녀는 웃지 않았다.

뚱뚱하지 않았지만 살이 폭신폭신해 보였다. 쇄골마저 말랑말랑하지 않을까 하는 생각이 들었다. 영국 상류층에게서 종종 보이는 날카로운 용모와는 거리가 멀었다.

"잠시 걸을까?" 그녀가 말했다.

나는 약간 불쾌했다. 그녀가 대체 누군지 알지 못하기 때문이었다. 해가 막 넘어가는 참이었다. 우리는 양쪽이 칼리지의 두터운 벽으로 이루어진 골목을 걸었다. 벽이 아주 높아서 낮 동안에도 빛이 잘 들지 않는 골목이었다. 그녀의 뒤를 따라가다 보니 여행객으로 붐비는 캠 강변에 이르렀다. 뒤에서 걷는데 그녀의 어깨가 자꾸만 눈에 들어왔다. 민소매 후드티가 미끄러져 내린 그녀의 어깨 근육은 마치 중노동을 한 사람 같았다.

시내를 지나 한적한 들판에 이르러 우리 둘만 남자 그녀가 입을 열었다. 줄줄 외워서 말하는 듯한 느낌이었다. 그녀는 "너를 피트 클럽에 들어가게 도와줄 수 있어."라는 첫 문장으로 시작해 숨이 가쁠 정도로 쉼 없이 이야기를 했다. 회원 중 한 명이 나를 추천하는 게 전제조건이라고 했다. 그 회원이 클럽 입구에 놓인 책에 내 이름을 써야만 다른 회원들이 나를 위해 동의서명을 할 수 있다는 거였다. 그리고 마지막에 위원회를 열어 나를 받아줄 것인지를 결정한다는 내용이었다. 그 모든 말이 지루하게 들렸다.

그녀는 회원이 되기 위해 노력하는 나의 태도가 중요하다고 말하면서 내 운동화를 바라다보았다. 회원들이 여학생을 대하는 태도를 배워야 할 거라고, 파티에 초대받게끔 주선하겠다는 말도 덧붙였다. 그리고….

나는 걸음을 멈추었다.

"그런데 어깨가 왜 그래요?"

그녀는 나보다 몇 걸음 앞에 있었다. 키가 나보다 조금 더 컸다. 나는 처음으로 그녀의 얼굴을 똑바로 보았다. 화장기 없는 얼굴이었다.

"뭐라고?"

나는 바닥으로 눈을 내리깐 채 가만히 있었다.

"내가 지금 너에게 하는 말들이 내 어깨보다 훨씬 중요해, 알겠어? 이 클럽 안에 범죄자들이 있어." 그녀가 말했다.

"알겠어요."

"제발 그러길."

"그들이 어떤 짓을 했는데요?" 내가 물었다.

"알렉스가 이야기해주지 말라고 했어."

"알렉스와는 어떻게 아는 사이예요?"

"내 박사과정 지도교수야."

"그럼 이 클럽에 대해서는 어떻게 알아요? 회원들은 다 남자들뿐이라면서요?"

그녀는 잠시 침묵하더니 "질문은 세 개까지만 할 수 있어."라며 선을 그었다.

어이가 없었다.

"쟤가 킹스턴이야." 그녀가 저 멀리서 풀을 뜯는 검은 암말을 가리키며 말했다.

"여기서 내가 뭘 해야 하는지 궁금해요."

하지만 그녀는 내 질문에 대답하지 않고, 울타리 나무 사이를 지나 말 쪽으로 올라갔다.

"겁내지 마." 그녀가 말했다.

나를 아이처럼 대하는 게 마음에 들지 않았다. 풀밭으로 가는 것도 마음에 들지 않았다. 그래도 그녀를 따라갔다. 겁쟁이처럼 보이고 싶지 않아서였다. 말은 발굽으로 땅을 마구 파헤쳤다. 나는 몇 미터 떨어진 곳에 머물렀다.

"상대가 겁을 내면 물어." 그녀가 그렇게 말하며 암말의 옆구리를 쓰다듬었다. 말은 귀를 뒤로 누이고는 내게로 다가왔다. 말이 킁킁대며 내 머리칼과 손의 냄새를 맡는 동안 나는 가만히 있었다. 그러고는 몸을 돌려 울타리로 돌아갔다.

"너 겁나는구나. 무서운 게 확실해." 그녀가 말했다.

우리는 나란히 강을 따라 걸었다. 소나무 장작 타는 냄새가 났다. 캠 강가에 나란히 늘어선 하우스보트에서는 소나무 장작을 때 난방을 했다. 시내에서 보니 세인트 존스 칼리지의 예배당 탑이 우뚝 솟아 있었다.

"오늘 저녁보다 더 많은 용기가 필요할 거야."

나는 대답하지 않았다. 용기라…. 그녀는 시종일관 울기 직전인 듯한 분위기를 풍기면서도 매우 단호한 데가 있었다. 만난 지 얼마 안 된 사람의 얼굴에서 뭔가를 읽어낸다는 건 언제나 어렵지만, 이 여자는 분명 불안해했다. 나 역시 불안을 잘 알기에 단박에 느껴졌다.

"나를 도와준다니 감사의 인사를 전해야 할 것 같아요." 내가 말했다.

우리 둘 다 고개를 숙였다.

"고마워요." 나는 다시 인사했다.

그녀와 악수한 뒤 나는 조금 더 산책을 하고 싶다고 말하고는, 방향을 바꿔 말 목장 쪽으로 돌아갔다.

"그런데 이름이 뭐예요?" 몇 미터쯤 가다 내가 돌아서서 외쳤다.

"산책하다 길 잃지 않게 조심해." 그녀가 대꾸했다.

한동안 그녀가 내 뒷모습을 보고 있는 것 같은 느낌이 들었다.

그녀가 드디어 갔다는 확신이 생겼을 때 나는 울타리를 통과해 말 목장으로 올라갔다. 말이 내게 다가오자 나는 단숨에 그의 등에 올라탔다. 잠시 숨을 고르며 앉아 심박동을 느껴보았다. 내 심박동의 절반 빠르기였다. 순간 내가 말 타기를 깡그리 잊은 건 아닌지 걱정스러웠다. 엄마가 돌아가시고 난 뒤 한 번도 말에 오른 적이 없었다. 잠시 말을 탔지만 이곳에 오게 된 걸 감사해야 할지, 걱정해야 할지 확신이 서지 않았다. 나는 말에서 내려왔다.

풀밭에 내 발자국이 남고, 이슬이 내 운동화를 적셨다. 집으로 오는 길에 아직도 그녀의 이름을 모른다는 사실이 불현듯 떠올랐다.

샬로테

펍에서 마신 두 잔의 위스키소다 때문에 술기운이 몰려왔다. 술을 깨기 위해 칼리지의 정원 벤치에 앉아 밤공기를 들이마셨다. 헤어진 뒤 한스 뒤를 따라갔다. 알렉스가 소개했으니 전혀 위험한 애는 아닐 터였다. 아, 물론 그는 청소년에 가까웠다. 기껏해야 열아홉 살이니까. 어둠속에서 그를 미행하는 스스로가 약간 멍청하게 느껴졌지만, 그가 혼자 들판에서 뭘 하는지 알고 싶었다. 말 목장 근처 나무 뒤에 숨어 그가 킹스턴 위로 올라타는 모습을 지켜보았다. 곧 내리겠지, 생각했다. 킹스턴은 나 말고 누구도 태워준 적 없으니까. 그가 말을 타고 달리는 모습을 보았을 때, 나는 처음으로 결국 모든 게 잘 되리라고 확신했다. 물론 잠시 뒤 다시 불안이 몰려왔지만.

한스

학기가 시작된 뒤 한 달 간, 피트 클럽 앞을 지나다녔다. 그곳의 누구도 내가 누구이며, 왜 이곳에 왔는지 끝까지 모르기를 바랐다.

인터넷에 피트 클럽과 관련한 찰스 황태자의 발언이 나와 있었다. 자신이 3년 동안 트리니티 칼리지에서 배운 것보다 밤에 피트 클럽에서 배운 것이 더 많다는 내용이었다. 찰스 황태자와 내가 무슨 상관이 있으랴.

클럽에 처음 들어갔던 날, 나는 모든 것을 기억 속에 담으려 애썼다. 카펫이 그을린 자국, 얼굴들, 벽에 걸린 누의 머리 박제. 구석에는 거대한 흰 백합을 꽂아놓은 꽃병들이 있었다. 그 주 초 우편함에 초대장이 들어 있었다. 피트 클럽에서 열리는 파티 초대장이었다. 나를 도와주겠다고 말했던 금발의 박사과정생을 떠올렸다. 그녀도 초대받았을지 모른다. 그녀에게는 기묘한 구석이 있었지만, 나는 그녀가 오기를 바랐다. 내 생애 첫 파티였다. 자원해서 여기온 게 아니라는 점, 낯설고 이름도 모르는 여자가 이 파티를 주선했다는 점이 다소 찜찜했다. 넥타이 하나 매는 데여섯 번은 매었다 푸르기를 거듭했다.

뒤에 있던 잘생긴 얼굴의 젊은이가 내 등을 밀어 바 쪽으로 데려갔다. 기계공학도인 빌리였다. 덥수룩한 머리에배가 약간 나온 그는 술 냄새와 땀 냄새를 풍겼다. 전체적으로 조금 헝클어진 이미지였다. 나는 3주 전에 권투 연습을 하다가 그를 만나 가볍게 목례를 나누었다. 그런데 트레이닝이 끝난 뒤 그가 자전거 세워두는 곳에서 나를 기다렸다.

"안녕, 빌리라고 해."

"안녕."

우리는 함께 자전거를 타고 기숙사로 향했다. 서로 대화를 하지 않았지만, 누군가 내 옆에서 자전거를 타고 있다는 사실만으로 나는 기뻤다.

며칠 뒤 빌리가 메시지를 보내 약간의 추가훈련을 하지

않겠느냐고 물었다. 체력단련을 하자는 것이었다. 그래서 우리는 두 번 만났다. 먼저 차가운 캠 강을 수영해서 건너고, 그 다음엔 숲속을 뛰었다. 빌리는 진흙 속을 뒹굴면서 자신은 흙과 하나가 되려 한다고 말했다. 그가 진흙 묻은 손으로 배낭에서 보온병을 꺼냈고, 우리는 밀크티를 마셨다. 그가 자꾸 나를 곁눈질하는 게 느껴졌다. 빌리는 젖은 흙냄새에 대해 이야기를 하다가 자신은 복서들 사이에서 늘 외로움을 느낀다고 덧붙였다. 나는 그 옆에 서서 가만히 이야기를 들었다. 내가 얼마나 외로움을 느끼는지에 대해 입 밖에 내어 말한 적이 없었다. 빌리는 자신의 플라스틱 컵을 들어 내게 건배를 했다. 나는 그에게 악수를 청했다. 약간 형식적이었지만 왠지 그래야 할 것 같았다. 진흙이 잔뜩 묻은 손바닥으로 하는 악수였지만 혼자가 아니라 함께 있다는 것 자체가 좋았다.

　바는 반짝반짝 빛났다. 아주 깨끗했다. 대머리 급사가 분홍색 음료가 담긴 유리잔 두 개를 서빙 카운터에 올려놓았다. 아무도 주문하지 않았는데. "피트 주스야." 빌리가 그렇게 말하며 단숨에 잔을 비웠다. 한 모금 마셔보았다. 보드카와 레모네이드 맛이 났다. 빌리는 카운터에 등을 기대고 아무 말 없이 저쪽에서 떠들고 있는 남학생 셋을 쳐다보았다. 모두가 복싱으로 단련된 탄탄한 근육질 몸매에 하늘색 블레이저 차림이었다. 블레이저의 가슴 부분에는 붉은 사자가 수놓아져 있었다. 빌리는 나에게 시선을 돌리지 않은 채, 저 하늘색 블레이저는 옥스퍼드에 대항해서 이기면 받는 거라고 말했다.

"부자 놈들."

빌리는 또 한 잔을 손에 들었다.

"대학의 나머지 애들은 밖에 선 채 거기에 속하기를 소망하지. 케임브리지에는 두 종류의 인간들뿐이야. 한 부류는 엄청나게 부자인 애들, 다른 한 부류는 부자인 척 하는 애들. 때로 여기에서 정상적인 인간은 나뿐인가 해." 빌리가 말했다.

하늘색 블레이저를 입은 남학생 셋 중 한 명은 트레이닝을 할 때 본 적이 있었다. 금발머리에 키 크고 흰칠한 게, 꼭 서퍼처럼 보였다.

"저 서퍼는 누구죠?" 내가 물었다.

"키 큰 애? 쟨 서핑과 거리가 멀 걸."

나는 고개만 끄덕였다.

"쟨 내가 아는 최악의 속물이야. 이름은 조시."

"조시?"

"조시 퍼킹 레반."

"친구 아닌가요?"

빌리는 웃음을 터뜨리며 음료를 한 모금 꿀꺽 들이켰다.

"저 녀석에 대해 여기 있는 모든 인간이 다 아는 이야기가 있어. 어느 날 쟤가 친구 둘이랑, 아마 해로Harrow(영국 명문 사립 기숙학교) 출신들이었겠지, 아무튼 걔네들이랑 런던 고링 호텔의 애프터눈 티에 갔대."

"어디라고요?"

"고링. 엄청 비싼 호텔이지. 55파운드를 내면 스콘과 오이샌드위치를 원하는 만큼 먹을 수 있어. 200파운드를 내면 원하는 만큼 폴을 마실 수 있고."

"폴?"

"샴페인 말이야. 폴 로저Pol Roger."

나는 귀까지 빨갛게 달아오르는 느낌이었다. 이런 쪽으로는 완전 문외한이었다. 빌리는 주먹으로 나의 이마를 부드럽게 치고는 계속해서 말했다.

"고링으로서는 좋은 장사지. 아시아 여행자들은 어차피 샴페인 반잔이면 나가 떨어지니까. 사우디 사람들은 아예 술을 안 마시면서도 샴페인을 주문하고. 그런데 조시가 뜬 거야. 조시는 한꺼번에 여러 병을 주문했어. 급사가 망설이자 20파운드짜리 지폐다발을 꺼내서는 그걸 급사 양복 윗주머니 포켓치프에 꽂았대. 결국 마지막엔 폴 몇 병을 해바라기 꽃병에 쏟았지. 급사가 계산서를 가져오자 조시는 바퀴 달린 케이크 테이블로 갔어. 그 옆에는 결혼 10주년 기념일을 축하하러 온 부부가 앉아 있었지. 조시가 거기서 앞 지퍼를 열고는 자신의 페니스를 화이트초콜릿으로 글레이징한 오페라케이크 위에 올려놓았대. 그러고는 '자, 그럼 계산하겠어요'라고 말했다는 거야."

"오."

빌리는 웃지 않고 천천히 고개를 저었다.

"물건이 엄청나게 크더라고."

"그 모든 걸 어떻게 알았죠?" 내가 물었다.

"글쎄. 그냥 모두가 아는 이야기지."

"음."

"조시의 아버지는 위키피디아에 등재되어 있는데, '세인트 마이클스 마운트'라는 섬의 소유주라더군. 게다가 그, 미친 검은 셔츠단(무솔리니가 이끈 이탈리아의 파시스트 무장부대)의 청년 조직을 후원한대."

"구글로 찾아봤어요?"

빌리는 내 질문에 약간 머쓱한 듯했다.

나는 검은 셔츠단이 어떤 단체인지 몰랐다.

DJ가 음악 볼륨을 올리자 베이스기타 소리가 홀에 강하게 울려 퍼지는 바람에 천장 내장재 틈새에 끼었던 먼지들이 떨어졌다. 그 순간 문이 열리고 여자들이 클럽 안으로 들어왔다. 초대의 모토는 신으로 분장하고 오라는 것이었다. 금발의 세 여학생은 온몸에 금가루를 떡칠하고 천사 날개를 단 모습이었다. 다른 한 명은 흰색 반투명 실크가운을 걸치고 머리에 꽃을 달고 있었다. 그녀가 내게 다가왔다.

"안녕." 그녀가 인사했다.

"안녕."

"우리 아는 사이 아냐?" 빌리가 물었지만, 그녀는 빌리를 무시했다.

"내 의상 맘에 들어?" 여자가 그렇게 말하며 다가왔다.

"에, 좋아."

그녀가 자신의 턱을 가볍게 쳤다.

"난 파우누스야(반인, 반양의 숲의 신)."

그녀의 동공은 초콜릿 봉봉처럼 컸다.

"누구야?" 그녀가 그렇게 물으며 엄지손가락으로 빌리

를 가리켰다.

"음⋯."

"난 파우누스의 상대역." 빌리가 대꾸했다.

"너 회원이야?" 여자가 빌리의 말을 들은 체 만 체 하고는 내게 물었다.

나는 고개를 저었다.

"이 러시아 목걸이는 뭐야?" 그녀가 다시 물었다.

그녀는 손가락 끝으로 내 목에 걸린 붉은 빛 금목걸이를 가리켰다.

"선물이야." 대답하면서 목걸이를 진즉 빼어놓지 않은 걸 후회했다.

한 시간 뒤 클럽 안은 가득 차서, 사람들 사이를 비집고 다녀야 했다. 여학생들이 남학생들보다 세 배쯤 많았다. 천사와 인도의 코끼리신 분장을 한 여학생이 내 손을 잡고 댄스플로어로 이끌었다.

천사가 말했다 "보통 프리파티가 본 파티보다 더 좋아."

나는 춤을 배운 적이 없었으므로 팔을 어떤 자세로 둬야 하는지 몰랐다. 어차피 댄스플로어는 사람들로 가득 차서, 휩쓸려 다니기만 해도 되었다. 한 아가씨가 실수로 내 옆

구리를 팔꿈치로 쳤고, 다른 아가씨는 내 귀에 뭐라고 소리를 질렀다. 한 아가씨는 내게 히틀러처럼 인사를 했다. 누군가에게서 생선튀김 냄새가 풍겼다.

기숙학교에서 다른 남자애들이 주말에 이웃마을 디스코에 갈 때 나는 한 번도 어울린 적이 없었다. 그들 역시 클럽에 간다고 말했지만 이런 곳은 아니었다.

"죽이는 파티야." 한 여자가 소리쳤다

"그래." 나도 맞받아 외쳤다.

"리믹스, 죽인다!" 여자가 소리쳤다.

"끝내주네!" 내가 소리쳤다.

여자가 주머니에서 하얀 알약이 든 봉지를 꺼내더니 내 얼굴 앞에 흔들었다. 알약에는 무한기호가 찍혀 있었다.

"이미 먹었어." 내가 소리쳤다.

"포이어바흐 강의에서 너를 봤나?" 그녀가 외쳤다.

남자 두 명이 난쟁이 한 명을 어깨에 메고 홀에 들어왔다. 나는 난쟁이의 눈을 보았다. 무표정했다. 남자애들은 댄스플로어에서 난쟁이를 높이 들고 다녔다. 난쟁이는 간혹 바닥으로 떨어지곤 했다. 응결된 땀이 천장에서 뚝뚝 떨어졌다. 한 남학생이 *Absolut*라고 쓰인 술병을 여자애들의 입에 들이댔다. 모두 마시면서 그를 바라다보았다. 음악이 너무 시끄러웠다. 누군가 내 소매를 잡아당겼을 때 나는 화들짝 놀랐다.

"빌리가 얻어터지고 있어." 그녀가 소리쳤다.

나는 여자애를 따라 안뜰로 나갔다. 남학생들이 원형 대형으로 서고, 그 안에 빌리가 있었다. 빌리는 취해서 몸을 제대로 가누지도 못했다. 아까 본, 하늘색 블레이저 차림의 키 크고 건장한 남학생들 중 하나가 서 있었다. 나는 아버지의 말을 떠올리며 원 안으로 들어갔다.

"꼬맹이, 링 밖으로 나가." 그 남학생이 소리쳤다.

"한스!" 빌리가 나를 불렀다. 빌리는 코피를 흘렸고, 눈 위 살도 찢어진 상태였다.

나는 주먹을 높이 들었다. 보드카 냄새가 내 머릿속에서 진동을 했다. 댄스플로어를 떠나왔다는 사실이 그저 기뻤다. 그 남학생이 경고도 없이 레프트훅을 날렸다.

오래 전, 복싱을 배운 지 얼마 안 되었을 때 나는 깨우쳤다. 두개골은 단단하므로 얻어맞아서 아픈 게 아니었다. 정작 아픈 건 굴욕이었다…. 나는 체구가 작았다. 그런 내가 100킬로그램은 되는 하늘색 블레이저 차림 남학생을 이길 거라고 아무도 기대하지 않았다. 그래서, 바로 그렇기에 나는 이길 수 있었다. 두려우면 복싱을 잘할 수 없다.

저녁 내내 나는 가식적인 역할을 수행했다. 젊은 남자애들이 하늘색 블레이저를 입고, 여자애들이 금가루를 뒤집어쓴 게 전혀 이상하지 않다는 듯 행동했다. 케임브리지에 온 이래 나는 매일같이 이 클럽을 생각했고, 이제 그 안뜰에 서 있었다.

범죄를 밝혀내야 한다던 알렉스의 말이 무슨 뜻인지 매일같이 곱씹었다. 그녀는 어울리지 않는 역할을 내게 맡겼다. 나는 스파이가 되고, 용기를 내야만 했다. 하지만 나는 위장하는 일에 서툴렀고, 지금까지 나의 용기를 시험할 기회도 거의 없었다. 종종 내가 겁쟁이라는 생각이 들었다. 그런 생각들이 나를 짜증나게 했다. 그러므로 지금 이 순간, 나를 치려 하는 남학생과 마주 선 것이 기뻤다. 결정적인 순간이었다. 클럽 회원들이 다 모여 있었다.

몇 주 뒤 누군가 내게 말했다. 마치 내가 춤추는 것처럼 보였다고.

나는 반격하지 않았다. 다만 그의 오른팔 아래로 손을 넣어 클린치를 시도했다. 그의 숨이 나를 구역질나게 했다. 그 남자애가 나를 밀쳐내더니 주먹을 떨어뜨렸다.

"이름이 뭐야?" 남자애가 물었다.

"한스."

"너의 동성연애자 친구를 여기서 다시 한 번 보게 되면, 그땐 벽에 내동댕이쳐 박살내버릴 거야. 알겠어?"

2분 뒤 안뜰은 텅 비었다. 빌리는 무릎을 꿇은 채 앉아 있었다. 코피가 발 옆에 떨어져 작은 피바다를 이루었다.

"병원에⋯, 좀⋯." 빌리가 말했다.

간호사는 신분증을 요구했고, 빌리에게는 신분증이 없었다. 나는 내 독일 여권을 병원비 보증 용도로 제출했다. 신분증에 내 진짜 이름이 적혀 있었다. 만일 내가 범죄를 밝히겠다고 나선 스파이라면, 나는 더할 나위 없이 멍청한 스파이였다. 빌리가 내 신분증에 적힌 이름을 보지 못했기를 바랐다. 앞으로 조심해야겠다고 나는 다짐했다.

의사가 빌리 얼굴의 찢어진 부위를 꿰맸다. 코는 부러지지 않았으며, 빌리의 혈중 알코올농도는 2.1프로밀이라고 했다.

치료실 앞으로 피트 클럽에서 보았던 난쟁이가 비틀거리며 지나갔다. 오른쪽 팔에 깁스를 해서 팔걸이를 한 상태였다. 그가 나를 쳐다보았다.

"결국 나를 가지고 볼링을 쳤어." 그가 하소연했다.

난쟁이는 재킷주머니를 뒤져서, 내게 구겨진 명함을 내

밀었다.

"다시 파티를 할 때 불러줘. 저 밖에 난쟁이들 많아."

그가 작별인사로 온전한 팔을 들어 보였다. 부끄러웠다.

빌리를 부축하고 택시를 잡아 그의 칼리지로 간 뒤 침대 곁을 지켰다. 의사가 경고하기를, 술이 너무 많이 취해 자신의 피에 질식할 위험이 있다고 했다. 잠들기 전에 빌리는 "고마워."라고 말했다. 부어오른 눈덩이로 나를 올려다보면서 뭐라고 덧붙였으나 제대로 알아듣지 못했다. '진실'이라는 단어를 들은 것 같았다.

톱니 모양 칼리지 담장으로 태양이 떠올랐다. 나는 햇빛을 바라다보았다. 재킷주머니에서 학생증을 꺼냈다. 내 사진 위에는 *케임브리지 대학교*라는 글자와 함께 한스 슈터힐러라고 적혀 있었다. 나의 새 이름이었다.

조시

네가 무얼 하든 상관없다. 중요한 건, 사람들이 너에 대해 좋은 이야기를 얼마나 퍼뜨리는가이다. 고링 호텔 사건으로 퍼진 소문은 멋졌다. 물론 급사는 약간 안됐지만. 우린 낯선 사람에게도 친절해야 한다. 하지만 무슨 상관이람. 물론 소수만이 알고, 소수만이 할 수 있는 이야기들도 있다. 때론 그 편이 가장 좋다.

그럭저럭 멋진 이야기는 이것이다. 나는 늘 숙취를 없애는 링거를 맞는다는 것. 파티 다음날 아침에는 0.5리터의 코코넛워터를 마신다. 미네랄과 미량원소 때문에. 그러나 그쯤은 바보가 아니고서는 우리 대학의 누구나 한다.

오늘 점심 나는 팔에 주삿바늘을 꽂고, 주삿바늘에 이어진 링거 튜브를 바라본다. 방울방울 내 몸속으로 들어가는 주사액을 보면서, 전해질액이 내 피와 섞여 알코올을 흡수하는 모양을 상상했다. 팔의 주삿바늘을 한참 보노라니, 팔을 아주 빨리 굽혀 주삿바늘이 튕겨져 나오는 걸 보고 싶다는 충동이 일었다.

어젯밤, 그 동성연애자를 흠씬 두들겨준 뒤(그애는 피를 많이 흘렸다!) 폴은 모두가 진토닉 한 병씩 하자고 제안했다. 밤Bam(흥분제의 속어)! 나는 아주 좋은 생각이라 여겼다.

전해질액을 내 팔 위로 들고 있는 의대생 여자애는 순전히 나를 사랑해서 이 짓을 한다. 이 일로 인해 학교에서 퇴학당할 수 있다는 것을 알면서도. 뭐 그래봤자 큰일도 아니었다. 의사 짓 따위 하지 않으면 그만이니까. 이런 말을 제 입으로 올리면서 그녀는 내 대답을 떠보려는 눈치였다. 내가 왜 대답을 해줘야 하지? 위에서 나를 내려다볼 때 그녀는 샤샤 그레이와 비슷한 분위기를 풍긴다.

"너희 섬에 언제 데려가줄 거야?" 그녀가 물었다.

"날씨가 좋지 않아."

이런 애들은 꼭 섬에 가고 싶어한다.

우리 집안이 세인트 마이클스 마운트를 떠나온 건 두 세대 전이다. 섬이 관광객들로 너무 북적여서였다. 그리

하여 나는 콘월의 해안 절벽에 있는 집에서 자랐다. 패로 & 볼Farrow & Ball(영국 페인트 회사)의 연노랑 페인트를 칠한 집이다. 페인트 회사 카탈로그 명칭을 따르자면 '바부슈Babouche' 색이다. 입구에 긴 계단이 있고, 바다가 내려다보이는 집. 여름방학 때 이곳에서 미친 듯이 체련단련을 했다. 지금도 팔뚝 혈관이 도드라져 있다. 방학이 끝났을 무렵 나는 76킬로그램의 날씬한 몸으로 돌아왔다. 다른 복서들은 살이 쪄 있었다. 몇몇은 30분 워밍업을 한 뒤 땀을 바가지로 흘렸다.

여름에 나는 매일 아침 한 시간씩 해안을 따라 달렸다. 조깅을 마치면 코코넛워터 한 잔을 마신 뒤, 비타민 B12 대사에 균형을 맞추기 위해 클라마스 호수의 깨끗한 물에서 자란 야생 조류 영양제를 여섯 알씩 삼켰다. 오메가3 지방산이 많이 들어 건강에 아주 좋다는 치아시드 푸딩을 전날 저녁에 미리 만들어두었다가 아침으로 먹은 뒤, 할머니 침대 맡에 앉아 그림 형제의 동화를 읽어주었다.

88세가 된 할머니는 치매였다. 가여웠다. 제기랄! 치매는 정말 나쁜 병이다. 나는 할머니가 불쌍했다. 엄마도 불쌍했다. 심지어 아버지도 불쌍했다. 우리 모두 할머니가 곧 돌아가시기를 바랐다. 할머니 본인만은 얼른 죽기를 원치 않을 것이다. 생각이란 걸 하기에는 할머니의 두뇌가 이미 망가져 있으니까.

동화를 읽다가 중단하면 할머니는 내 손을 붙잡고 이렇게 말했다 "아빠, 하나만 더요. 계속 듣고 싶어요." 할머니는 나를 아빠라고 불렀다. 할머니는 내가 계속해서 동화를 읽어주기를 바랐다.

나는 종종 런천(오찬. 대부분은 브로콜리를 곁들인 연어구이로 저탄수화물 식사였다)을 앞에 놓고 울었다. 하지만 할머니에게 책을 읽어주는 일이 나의 의무라는 걸 알았다. 인간끼리의 유대는 우리가 가진 가장 중요한 자산이기에.

점심식사 후 나는 가까운 체육관으로 가서 샌드백을 쳤다. 그 여름에 나는 무엇보다 레프트훅 연습을 했다. 내게는 재능이 없었다. 그러나 복싱은 재능이 없어도 된다는 걸 알고 있었다.

링거가 다 들어갔다. 나는 의대생의 이마에 키스를 하고 그녀의 다리 사이 따뜻한 부분을 잠시 쓰다듬었다. 성적으로 흥분하기에는 알코올 기운이 여전히 너무 셌다. 그녀에게 새로운 전해질액을 사올 수 있도록 40파운드를 주고 밖으로 나왔다. 사람들은 돈을 건네면 약간 혼란스럽게 쳐다본다. 닭에게 곡식을 던져줄 때처럼. 닭들에게 곡식을 던져준 적은 없지만, 이론상 그렇다는 거다.

　나는 체육관으로 갔다. 땀을 흘려서 땀구멍을 통해 진을 내보내려는 계산이었다. 가는 길에 우정에 대해 생각했다. 며칠 전 내가 여름에 실습할 은행에서 보내온 인적사항 기입 카드를 적었다. 카드에 긴급할 때 연락을 취할 수 있는 사람의 이름을 적는 칸이 있었다. 그 칸에 누구의 이름을 적어야 할지 오랫동안 생각했다. 아버지의 이름은 기입하고 싶지 않았다. 나는 아버지를 거의 모르고, 긴급할 때 연락할 수 있는 사람이라고 생각하지도 않았다. 솔직히 우리 아버지는 개새끼였다. 나는 함께 파티를 하고 훈련했던 많은 친구들을 떠올렸다. 그러나 그 중 어느 놈이 나를 베스트프렌드라 칭할지 알 수가 없었다. 인생에서는 그것이 중요하지 않을까? 어떤 사람을 자신의 절친이라 부를 수 있는 것. 동반자를 갖는 것 말이다. 나야말로 돈과 케임브리지라는 학벌, 그리고 물건이 크다는 사실이 사람을 행복하게 만들지 않는다는 걸 보여주는 산 증거였다. 쳇, 퍽큐!

　복싱장 저 끝에서 새로 온 독일 놈이 줄넘기를 하는 모습이 보였다. 어젯밤 저놈은 매우 잽쌌다. 지금도 빠르고 경쾌하게 줄을 넘고 있다. 무엇을 해야 할지 아는 남자처럼. 이 이상한 대학에서 그 점은 평범한 게 아니었다. 아주 단련되었거나 아주 멍청하거나, 둘 중 하나였다.

두피가 찌릿해지는 느낌이 왔다. 목으로부터 올라오는 가볍고 기분 좋은 통증. 이런 느낌은 내게 뭔가 좋은 일이 일어나기 전의 전조증상이었다. 아무에게도 말한 적은 없지만, 그래서 더 잘 통했다. 고링에서도 이런 느낌이 왔었다. 어릴 적 아버지가 집으로 와서 장미초콜릿을 내게 쥐어주었을 때도 마찬가지였다. 하지만 아버지는 더 이상 그렇게 하지 않았다.

어릴 적 거리의 쓰레기 더미에서 고양이를 발견해 집으로 데려온 적이 있었다. 고양이는 호랑이처럼 줄무늬가 나고, 귀 반쪽이 없었다. 하지만 너무나 부드러웠다. 나는 고양이를 부모님 몰래 숨겼다. 운전기사에게 고양이를 차고에 숨겨 키우게 해달라고 부탁했다. 나는 고양이에게 크림을 가져다주고, 내 손바닥에 우유를 부어 먹게 했다. 미지근하고 까칠까칠한 고양이 혀의 감촉이 좋았다. 한번은 집게손가락과 엄지손가락으로 고양이 혀를 잡고 꽉 눌러본 적이 있다. 잠시 동안.

3주 뒤 고양이 몸이 불룩해졌다. 나는 고양이가 쥐약을 먹거나 어딘가 잘못된 거라고 생각했다. 그리고 얼마 후 고양이가 새끼들을 밀어내는 것에 놀랐다. 운전기사는 고양이 새끼들을 가리키며, 알아서 사라지게 놔두라고 말했다.

그리고 이 저녁 체육관에서 독일 놈이 줄넘기하는 것을 보는 순간, 오랜만에 찌릿한 느낌이 왔다. 드디어 나와 잘 맞는 인간을 만났구나, 싶었다.

한스

파티가 끝난 토요일 아침, 복싱 연습을 하고 돌아왔을 때 나를 도와주기로 한 박사과정생이 내 방 계단에 앉아 있었다. 나의 속옷은 피로 물들어 있었다.

"어머나, 몰골이 왜 그래?" 그녀가 물었다.

나는 그저 웃었다. 피는 언제나 그 자체보다 더 나빠 보인다. 그녀의 얼굴이 하얘졌다.

"턱." 그녀가 가리켰다.

"내 턱요?"

"피가 많이 묻어 있어."

손으로 얼굴을 문질렀다. 피가 엉겨붙은 느낌이 났다.

"괜찮아요. 아무것도 부러지지 않았고. 상대는 나보다 약간 더 상태가 안 좋았어요."

"너를 데리고 런던에 가려 했는데. 물건을 사야 하거든." 그녀가 말했다.

"지금요?"

"응, 그리고 우리 아빠에게 너를 소개시켜 줄 거야. 아빠도 대학 복서였어."

"오케이."

"턱시도 있어?"

나는 기차에서 그녀 옆에 앉았다. 턱시도가 든 옷가방은 무릎에 올려놓았다.

그녀는 나를 데리고 앤티크 숍으로 갔다. 전에 아빠와 함께 이곳에 와본 적이 있다고 했다.

"헤밍웨이가 아프리카에서 사자사냥을 할 때 이렇게 낡은 트렁크를 들고 다녔대." 그녀가 말했다.

"와우!" 그렇게 호응하며 내 말이 진정성 있게 들리기를 바랐다.

판매원은 그녀와 입맞춤으로 인사하고 내게는 고개를 까딱 했다. 내 청바지를 바라보는 판매원의 눈길이 느껴졌다. 기차에서 그녀는 내게 졸부처럼 보이지 않는 것이 중요하다고 말했다.

판매원과 이야기를 나누면서 그녀는 마치 가게가 자기 것인 양 여기저기를 거닐었다. 나는 옹이진 나무로 만들어진 수납장 앞에 바짝 붙어선 채 상감 세공을 바라보며 이곳에서의 임무가 얼른 끝나기를 바랐다. 그녀는 가공되지 않은 튼튼한 소가죽가방을 구입해 내게 내밀었다. 손잡이 부분이 갈색으로 매끄럽게 닳아 있었다.

"복싱용품 넣어"

글러브와 신발, 보호대 등을 모두 넣기에는 크기가 너무 작았다. 하지만 뿌듯해하는 그녀의 표정을 보고 차마 그 말을 하지 못했다.

"고마워요."

이어 우리는 캄덴으로 가서 중고가게들을 둘러보았다. 그녀는 나를 위해 세 켤레의 신발을 구입했다. 진갈색 구두 한 켤레, 작은 구멍이 송송 뚫린 연갈색 구두 한 켤레, 그리고 검정 이브닝구두 한 켤레. 나는 별다른 말을 하지 않은 채 속으로 그녀가 언제 내게 이름을 가르쳐줄까를 생각했다. 이제 그녀는 나를 샌드위치 가게로 데려갔다. 샌드위치들이 예술품처럼 보이는 곳이었다. 내가 치즈 샌드위치를 주문하자 매대 뒤의 문신한 남자가 쿨로미에 Coulommiers(프랑스산 치즈 이름)로 할지 카브랄레즈Cabrales(스페인 아스투리아스 지방의 천연 카브에서 숙성시킨 푸른곰팡이치즈)로 할지 물었다. 창피했다. 나는 알아들을 수가 없었다. 케임브리지의 박사과정 여학생이 내 옆에서 가죽가방을 손에 들고 서 있는데 말이다.

"파란 거 아니면 하얀 거?" 판매원은 다시 물었다.

"하얀색."

그녀가 몸을 구부려 내 귀에 대고 나지막이 속삭였다. "저 녀석이 뭐라는 건지 나도 몰라."

우리 둘은 미소를 지었다. 우리는 마주앉아 샌드위치를 먹었다.

"샬로테." 그녀가 그렇게 말하며 손을 내밀었다.

나는 집게손가락에 묻은 마요네즈를 닦았다.

"한스."

"말을 타서 그래."라고 말하며 그녀는 손으로 자신의 왼쪽 어깨 근육을 꼬집었다.

"네?"

"승마를 하거든. 그래서 근력운동을 하다 보니 어깨가 이렇게 됐어."

한순간 미소를 본 것 같은 느낌이 들었다. 그녀의 손이 끈적였다.

"돈 내줘서 고마워요." 내가 인사했다.

그녀는 마치 내가 농담이라도 한 듯 크게 웃었다.

우리는 전철을 타고 첼시로 갔고, 거기서 샬로테의 집까지 걸어갔다. 아주 큰 집이었다.

"일하는 분들이 있어서 다행이야." 집 앞에 섰을 때 그녀가 말했다. "아빠와 단둘이었다면 집에 올 때마다 심심했을 거야."

"일하는 분들이 있나요?"

그녀가 웃었다. "불만이야?"

샬로테는 시소를 타듯 몸을 좌우로 흔들었다.

"너희 집은 어때?" 샬로테가 물었다.

"난 집이 없어요."

"어디서 자랐어?"

"숲속 집에서. 벌써 오래 그곳에 가지 못했어요. 그곳이 그리워요. 여기보다 훨씬 작아요."

더 할 말이 떠오르지 않았다. 무안해지기 전에 샬로테가 말머리를 돌렸다.

"요리하는 아줌마 조이스는 자메이카 출신이야. 어린 시절 영국인이 농장주로 있는 사탕수수 농장에서 일하며 요크셔푸딩을 맛있게 굽는 법을 배웠대."

"요리사가 자메이카에서 왔다고요?"

"응. 해리 벨라폰테(자메이카 출신 미국 민속가수)의 노래를 부르곤 해."

한 여자가 문을 열고 환하게 미소 지었다.

"벌써 우리를 봤군." 샬로테가 웃었다.

조이스는 샬로테를 품에 안았다. 조이스에게서 육두구 냄새가 났다. 그녀가 내 앞에서 무릎을 굽혀 인사하더니 알아들을 수 없는 사투리로 뭐라고 말하고는 다시 부엌 쪽으로 갔다. 가다가 문 앞에 서서 몸을 돌리고는 샬로테에게 윙크를 했다. 부엌에서 낮은 노랫소리가 울려나왔다.

My heart is down, my head is turning around
I had to leave a little girl in Kingston town…

샬로테는 나를 다락방으로 데려가더니 셔츠로 가득 찬 궤를 열었다. 그리고는 그 안을 마구 헤집어서 뒤죽박죽으로 만들어놓았다.

"아빠가 나중에 정원일을 할 때 입으려고 분류해놓은 거야."

"아."

"그런데 정원에서 일하지 않아."

샬로테 아버지의 치수에 맞춰 만든 셔츠 왼쪽 커프스에는 'AF'라는 이니셜이 수놓아졌다.

그녀가 내게 하나를 주었다.

"입어."

"여기서요?"

"내 앞이라 부끄러워?"

나는 티셔츠를 벗었다. 샬로테가 내 배의 복근을 보는 것이 느껴졌다.

"이니셜은 수선집에 가서 없애버려." 그녀가 말했다.

샬로테가 한 더미의 셔츠를 내게 안겼다.

"아빠는 절대로 눈치 못 채."

샬로테가 잠시 말을 멈추고는 내 손을 꼭 쥐었다. 아주 친숙한 몸짓이었다. 나는 이런 상황에서 어떻게 반응해야 하는지 알지 못했다.

"잘 들어, 한스. 우리 아빠 피트 클럽 회원이야. 아빠가 너를 추천하면, 넌 거기에 들어갈 수 있어. 오늘 저녁에 '네' '고마워요' 말고 조금 더 입을 놀릴 수 있겠지?"

"네…. 그런데 나를 바보로 만들 셈인가요?"

그녀는 내 손을 놓지 않았고 나도 그녀의 손을 놓지 않았다. 나는 낮은 소리로 웅얼거리며 그녀의 눈을 피해 다른 곳으로 시선을 돌렸다.

"난 당신의 아버지를 알지 못해요. 그런데 어떻게?"

"앞으로 알게 될 거야."

"무엇 때문에 당신 아버지를 속이면서까지 이렇게 하는 거죠?"

그녀가 내 손을 꽉 쥐었다.

"중요한 일이야. 그냥 내 말을 믿어."

"샬로테, 난…." 그렇게 말하는데 그녀가 몸을 홱 돌려 나를 다락방에서 끌고 나왔다. 계단실 문턱에 이르러서야 그녀는 내 손을 놓았다.

샬로테

일주일에 한 번씩 중국 애를 만났다. 그에게 거짓말을 했다. 우리는 어학 실력을 늘리기 위해 30분 동안 영어로 말하고 나머지 30분은 중국어로 일상적인 이야기를 했다. 중국 애는 자기를 피터라 부르라고 했다. 진짜 이름은 너무 어렵다면서.

중국어로 대화할 때 나는 별로 알아듣지 못했다. 하지만 알아듣지 못하는 티를 가능하면 내지 않았다. 영어로 이야기할 때면 그는 완벽한 영어를 구사했다. 왕비의 집사처럼 모든 음절을 또박또박 발음했다. 그에게 가까이 가면 치즈 냄새가 났다. 처음에는 입 냄새라고 생각했는데, 입을 다물어도 치즈 냄새가 났다.

피터는 연신 자기 이야기를 했다. 아버지가 회사를 운영

한다고 했다. 비행기와 중거리 로켓에 들어가는 조종 칩을 제조하는 회사라나. 그는 외아들에다 철인 3종경기 선수였으며 하버드와 예일, 케임브리지를 놓고 고민했다고 말했다. 세 학교에서 동시에 입학허가가 났다고. 하버드의 학장은 자기 학교에서 공부했으면 좋겠다는 친필 편지를 보냈다고도 했다. 북중국에서 치른 졸업시험에서 최상의 성적을 받아 신문에 보도되기도 했단다. 럭비와 오렌지 마멀레이드를 좋아하다 보니 영국을 선택했다면서 웃었는데, 숨소리와 섞여 나중에는 꿀꿀거리는 소리가 났다. 그밖에 맹수사냥을 좋아한다고 했다. 피터는 만날 때마다 하늘색 나비넥타이를 매고 나왔다.

처음 만났을 때 피터는 우리 아빠가 어느 브랜치에서 일하느냐고 물었다. '브랜치'라는 단어를 프랑스어 식으로 발음하는 모양새로 보아 프랑스어도 유창한 것 같았다. 창밖으로 모피코트를 입은 여자가 지나가는 걸 보며, 우리 아빠는 뉴트리아(비버와 비슷한 동물)를 사육한다고 나는 말했다. 내가 컴브리아의 시골학교에 다니는 동안 오후에는 뉴트리아 우리에서 아빠를 도와야 했다고. 우리를 청소하고, 뉴트리아 털을 벗기고 말이다.

"어디에선가는 모피를 만들어야 하니까."라고 피터는 말했다.

조금만 검색을 해보면 내가 어디서 학교를 다녔는지, 그리고 비버를 키워서는 도저히 그 학교 학비를 댈 수 없다는 사실을 알 텐데. 다만 나는 피터가 인터넷 검색을 해볼 만큼 내게 관심을 보이지 않길 바랐다.

3학기 초의 어느 날, 우리는 피츠빌리 카페에서 만났다. 나는 물을 마셨고, 피터는 시나몬 롤을 먹었다. 시럽이 그의 턱으로 흘러내려 옷깃으로 떨어졌다.

"오늘은 대학에 있는 클럽들에 대해 이야기하고 싶어, 샬로테. 중국에는 그런 게 없거든."

내 얼굴이 붉어지는 게 느껴졌다.

"그런 거 난 모르는데."

나는 그의 옷깃에 떨어진 시럽을 바라다보았다. 피터는 빵을 우적우적 삼키고는 냅킨으로 윗입술을 닦았다.

"난 잘 알아. 네가 기억해야 할 클럽이 하나 있는데 샬로테, 피트 클럽이라고."

"아하?"

"난 곧 거기 회원이 될 거야."

거짓말이었다. 피트 클럽에 아시아계는 없었으니까.

"어떻게 회원이 돼?" 내가 물었다.

그가 입을 다물고 미소를 지었다.

"아, 샬로테. 이곳은 어떻게 회원이 되냐고 물어볼 수 없는 종류의 클럽이야." 그가 말을 이었다. "그러니까 그곳에 속하느냐 아니면 속하지 않느냐, 둘 중 하나야."

"그래서 넌 거기에 속해?"

"여자들은 회원이 될 수 없어, 샬로테."

"유감이군."

분노가 치밀었다. 피터는 내 목소리가 변했다는 사실을 눈치 챈 것 같았다.

"내 말은⋯."

"그런 클럽에서 뭘 하는지 알아?"

"그거야 뭐. 파티하고, 술 마시고, 즐기고, 그렇고 그런 거지."

그렇고 그런 거. 나는 매일 그 생각을 했다. 왜 내가? 질문은 항상 맴돌았다. 왜 나를? 잠을 앗아갔던 질문들. 대체 왜?

"넌 아무것도 몰라." 내가 쏘아붙였다.

"샬로테, 난."

"그런 클럽은 최악이야. 여성에게 적대적이고, 엘리트주의로 똘똘 뭉쳐 있지. 멍청해."

피터는 여전히 미소를 지었다.

"샬로테, 너에게 이런 이야기를 꺼내서 미안해. 하지만 판단을 내리기 전에 어떤지 한 번 직접 겪어보고 싶어."

"어떻게 너희들 모두 그 따위 클럽에 목을 맬 수 있지?"

피터가 나비넥타이를 고쳐 매며 맞섰다.

"그러는 넌. 어떻게 파티에 한 번 가보지도 않고 여기서 속사포만 쏘아댈 수 있어?"

나는 벌떡 일어섰다. 의자가 뒤로 나자빠질 뻔했다. 문으로 걸어가던 나는 뒤돌아 테이블로 다시 갔다. 그리고 피터를 향해 몸을 굽히고는 이 상황에서 할 수 있는 가장 작은 목소리로 이렇게 말했다. "루저 자식."

신선한 바깥 공기를 마시자 저런 녀석 때문에 감정 낭비를 할 필요가 있나 하는 생각이 들었다. 몇 걸음 걸으며 안정을 되찾았다.

한스

집사 한 명이 나의 쇼핑백을 1층의 게스트룸 중 하나로 가져다 주었다. 옷걸이에는 내 턱시도가 걸려 있었다. 뭔가 비현실적인 날이었다. 나는 차가운 수돗물을 틀어 머리를 적시고, 오래오래 샤워를 했다.

샬로테는 기다리고 있을 테니 준비가 끝나는 대로 자기에게 오라고 말했다. 그 말을 할 때 나는 바닥을 내려다보았고 그녀는 웃었다.

옷을 입고 2층으로 올라갔다. 샬로테의 방문이 열려 있고, 그녀는 침대에 엎드려 자고 있었다. 검은 차이나칼라 원피스를 입고, 구두는 신지 않은 채 쌔근쌔근 잠을 잤다. 금발 머리카락이 얼굴을 반쯤 가리고, 원피스가 어깨 부분에서 팽팽하게 당겨져 있었다. 샬로테는 늘 체온이 다른

사람보다 1~2도쯤 높은 듯한 느낌이었다. 잠든 그녀는 행복해 보였다

내가 여자들에게 인기 있는 이유를 지금도 알지 못한다. 다만 그 사실을 일찌감치 간파했다. 여자들이 나의 어떤 점을 마음에 들어 하는 걸까, 종종 자문했다. 처음에는 어떻게 반응해야 할지 난처했다. 이상했다. 남자애들은 나를 놀리는데, 여자애들은 나를 좋아하다니. 여자애들이 내게 호감을 보인다는 걸 알기 무섭게, 남자애들은 더 심하게 나를 놀려대곤 했다.

사춘기가 되자 여자에 대한 관심이 깨어났다. 대부분의 남자애들처럼 처음에는 적잖이 놀랐다. 나는 여자애들의 모습을 보는 게 좋았다. 여자애들의 냄새를 맡는 건 더 좋았다. 그녀들에게서는 마른 풀과 바닐라아이스크림 냄새가 났다. 내가 아직 모르던 냄새였다. 나는 결코 여자에게 말을 걸 용기를 내지 못했다. 다행히 그럴 필요도 없었다. 그러니까 이것이 가장 큰 수수께끼였다.

어릴 적 마을 곳곳에 여자애들이 있었다. 학교에, 아이스크림 가게에, 축구장 뒤편 새로 지은 헛간에. 그곳 건초를 깔아놓은 바닥에서 여자아이들은 놀았다. 놀라운 일이

지만, 기숙학교에 다닐 때도 나는 여자들을 만났다. 신부들과 남학생뿐인 기숙학교에서 여자를 만나는 건 쉬운 일이 아니었다. 하지만 숲을 산책할 때도 여자들을 만났고, 주말에 뮌헨으로 가도 여자들이 있었다. 한번은 브레첼을 몇 개 사려고 들어간 제과점에서 한 여자를 만났고 같이 잠을 잤다.

한 여자는 이미 자식을 둔 기혼여성이었는데, 어느 일요일 뮌헨의 카페에서 내 옆에 앉아 있었다. 그녀의 집에서 섹스를 한 뒤 발코니에 앉아 담배를 피우며 그녀는 나 같은 애야말로 바람피우기 딱 좋은 상대라고 말했다. 조용하고, 숯검댕이 같은 머리카락을 가지고 있다면서. 나는 매우 자랑스러웠다. 나는 열일곱 살이고, 그녀는 이미 어른이었기 때문이다. 하지만 그녀는 나 같은 사람하고는 절대 결혼할 수 없을 거라며, 남편과 자식들이 곧 동물원에서 돌아오니 이제 그만 나가달라고 했다. 내가 뭘 잘못한 건지 알 수 없었다.

어떤 여자도 내게 사랑한다는 말을 하지 않았다. 나는 여자들과 함께 자고, 그녀들의 머리 냄새를 맡는 것이 좋았다. 여자들은 서로 많이 달랐다. 그럼에도 모두 나름대로 좋았다. 한 여자는 내가 진지한 연인이라서 좋다고 말했다.

어릴 때 엄마에게 물어보았다. 내가 누군가를 사랑하는지 어떻게 알 수 있느냐고. 엄마는 때가 되면 알 수 있다고 대답했다.

몇 년 뒤 마을에 서커스가 왔고, 옥수수밭 옆에 천막을 쳤다. 서커스 이름은 코코로였다. 그 이야기를 듣고 옥수수밭으로 달려갔다. 내가 거기서 천막 치는 일을 도우면, 동물들에게 먹이 주는 역할을 맡을 수 있는지 물었다. 당시 나는 기분에 따라 동물 아니면 여자 가슴에 관심이 있었다. 그런 기억을 떠올리자니 인생에서 어린 시절을 막 벗어나려는 시기보다 더 좋은 때는 없다는 생각이 든다.

서커스의 동물우리 중 한 곳에 회색 호랑이가 앉아 있었다. 발톱은 다 빠진 채였다. 나는 창살을 통해 소의 엉덩이뼈를 호랑이에게 던져주었다. 하지만 호랑이는 그것을 무시했다. 몇 분 뒤 검은 눈에 피부가 가무잡잡한 소녀 하나가 캠핑카에서 나와 호랑이우리 문을 열고 들어가더니 내가 던진 뼈를 집어서 호랑이 주둥이에 대어주었다. 그러자 호랑이는 소녀의 손에 들린 뼈에서 살을 발라 먹었다. 소녀는 나보다 세 살쯤 위로 보였다. 가슴이 작고, 탄탄하며 편편한 배를 가진 아이였다. 물론 그때까지는 그 사실을 몰랐다. 우리에서 나온 소녀가 내 손을 잡고는 자신의 바지 앞쪽에 넣었다. 털의 감촉이 느껴졌다. 좋았다. 소녀는 하얀 이빨을 드러내며 웃었다. 그리고 바지에서 내 손을 꺼내 꽉 잡고는 옥수수밭 깊숙이 들어갈 때까지 놓지 않았다. 그녀의 셔츠는 굉장히 짧았다. 셔츠 아래로 보이는 등에 금색 솜털이 보송보송했다. 만지고 싶은 충동이 일었다. 소녀가 내 옷을 벗길 때, 그녀의 손가락에 소뼈에서 나온 말라붙은 피가 묻은 게 보였다. 그걸 보고 구역질을 느끼기에는 너무나 흥분해 있었다. 소녀는 외국어로 이야기했다. 그녀는 나와 비슷했다. 여하튼 열네 살의 나는 그렇게 생각했다.

2주 동안 매일같이 그 소녀를 만났다. 마지막 날 소녀에게 떠나지 않고 이곳에 남으면 안 되느냐고 물어보려 했다. 그녀가 떠나면 영영 잃게 될 걸 알았기에. 내게 그녀는 엄마 외에 사랑할 수 있는 유일한 여자로 보였다.

소녀는 작별인사도 하지 않고 떠나버렸다. 그래서 그녀에게 묻지 못했다. 때로 그 소녀를 만난 일이 꿈인지 생시인지 헷갈린다.

나는 어떻게 샬로테를 깨워야 할지 고심했다. 어설픈 말

따위는 하고 싶지 않았다. 종일 그녀가 산산조각 나기 직전인 듯한 느낌을 받았기 때문이다. 나는 샬로테의 이름을 불렀다. 하지만 그녀는 계속 잤다. 문을 쾅 하고 세게 닫아볼까도 생각했다. 하지만 예의 없는 행동 같았다. 일하는 사람들이 내가 그녀의 방에 있는 걸 보고 오해할까봐 두려웠다. 나는 그녀의 발을 손으로 잡았다. 발바닥 한가운데의 오목한 곳을. 아주 부드러웠다. 샬로테는 놀라서 벌떡 일어나며 내 쪽으로 손을 내둘렀다.

"손대지 마."

"미안해요."

그녀는 내 쪽을 올려다보았다. 졸린 눈빛. 그녀의 모든 것이 따스해 보였다. 그 순간, 그녀가 얼마나 아름다운지를 말해주고 싶었다.

"샬로테…"

"근데 다른 넥타이는 없어?" 그녀가 물었다.

그 질문에 옷깃에 손을 대느라 문장을 더 잇지 못했다. 그녀는 내 나비넥타이가 이미 매어진 상태로 나온 거냐며, 다른 나비넥타이는 없냐고 다시 물었다. 그러고는 금방 돌아올 테니 기다리라고 했다.

그녀가 무슨 말을 하는 건지 알아들을 수 없었다.

몇 분 뒤 그녀는 맨발로 들어와 미소를 지었다. 손에 나비 모양으로 매이지 않고 그냥 끈으로 된 실크넥타이를 들고 있었다.

"내가 매줄게."

나는 바닥에서 천장까지 이르는 전신거울 앞 의자에 앉았다. 그녀가 천천히 매듭을 지었다. 이미 여러 번 매어본 것처럼 능숙하게 하려고 애썼지만 그녀의 눈썹 사이로 가늘게 세로 주름이 지는 게 보였다. 그녀의 손목에서 향수 냄새가 났다. 오렌지껍질과 은방울꽃 향이 섞인 듯했다. 그녀의 새끼손가락이 내 목을 스쳤다.

"우리 아빠 건데, 눈치 채지 못할 거야." 그녀가 말했다.

우리는 계단을 내려갔다. 1층 대리석 바닥에 한 남자가 서 있었다. 샬로테의 아버지인 것 같았다. 머릿결이 샬로테랑 똑같았다. 같은 두께와 같은 길이. 하지만 은빛 금발로, 포마드를 사용해 뒤로 넘긴 상태였다. 머리칼 끝이 실크와 이셔츠의 옷깃에 닿았다. 그는 딸의 뺨에 키스를 하고는 나를 바라다보았다. 키는 나와 비슷하고, 60세 남짓 되어 보였다. 그러나 몸매가 소년처럼 날씬하고 탄탄했다. 단련되어 에너지가 넘치는 인상이었다.

"새로운 복싱 팀이 무척 궁금하군. 나는 앵거스 페어웰이라네."

그가 악수를 청했다.

"한스 슈티힐러입니다." 나는 그의 얼굴에서 시선을 뗄 수 없었다. 이 남자는 마치 왕에게 접견을 받는 듯한 느낌을 주었다.

첫 번째 코스는 토마토콘소메였다. 나는 숟가락질을 하면서 토마토 색깔이 나지 않는데 어떻게 이토록 강한 토마토 맛을 낼 수 있는지 자문했다. 우리가 앉은 테이블은 분홍색 비단커튼이 드리워진 방에 놓여 있었다. 모든 것이 다 고급스러워 보였다. 벽에는 이국적인 소머리 박제가 걸려 있었다. 앵거스 페어웰이 내 시선을 눈치 채고는 자신이 사냥한 아프리카 물소라고 알려줬다. 사실은 총이 물소보다 더 멋지지만, 총을 벽에 걸 수 없는 노릇 아니냐고 덧붙이면서. 오스트리아 총기제작자가 제작한 700 Nitro Express 대구경 총으로, 탄환을 딱 한 발만 장전할 수 있다고 했다. 나는 고개를 끄덕였다. 멋지게 굴곡진 물소 뿔을 보면서, 왜 어떤 사람들은 저런 동물을 사냥해서 그 머리를 거실에 걸어놓고 싶어 할까 자문했다.

"총은 구석에 있네. 강도가 들 것에 대비해서." 페어웰이 말했다.

나는 구석을 쳐다보았다.

"커튼 뒤에 있다네." 페어웰이 웃었다.

턱시도를 입은 남자가 빵을 가져왔다. 처음 보는 사람이었다. 나는 마치 레스토랑에 앉아 있는 기분으로 샬로테가 아버지와 나누는 대화를 잠자코 들었다. 둘은 박사논문에 대해, 말에 대해, 앞으로 있을 옥스퍼드와의 승마시합에 대해 이야기했다. 대화의 대부분은 내가 도무지 알지 못하는 내용이었다. 그래서 나는 입 다물고 있는 편이 더 영리하겠다는 결론을 내렸다. 나를 쳐다보는 샬로테의 눈길을 받으며 뭔가 말을 해야 한다고 생각했지만, 대체 무슨 말을 섞는단 말인가. 둘의 대화를 들으면서 말없이 앉아 있는 시간이 길어질수록 낭패감만 더 커졌다.

잠시 후 앵거스 페어웰이 재킷주머니를 뒤져 핸드폰을 꺼내더니 "오 맙소사!" 하면서 전화를 받으러 다른 공간으로 갔다.

샬로테는 일어서서 테이블을 빙 돌아 내게로 왔다. 그녀의 시선을 본 나는 잠시 숨을 죽였다. 그녀가 내 뒤에 서더니 한 손을 내 목에 올리고는, 몸을 구부려 내 귓가에 나지막이 속삭였다.

"야, 내 말 잘 들어. 알렉스가 너를 어느 촌구석에서 끄집어냈는지 모르지만, 이제 정신 바짝 차리고 내 아빠에게 뭔가 말을 하라고. 그놈의 제기랄 복싱에 대해…. 넌 말야, 아빠를 죽도록 지루하게 만들고 있어. 이런 식으로는 아무것도 안 돼."

눈을 감은 채 그녀에게서 풍겨오는 향기를 맡던 나는 시종일관 나긋나긋하던 그녀의 목소리에 엄한 기운이 서려서 깜짝 놀랐다.

페어웰의 가죽실내화 소리가 복도를 통해 울렸다. 페어웰이 방에 들어오기 직전 샬로테는 손으로 내 뒤통수를 후려갈겼다.

"시드니야." 페어웰은 그렇게 말했다. 이 말 한 마디면 설명이 되는 듯했다. 페어웰은 한숨을 쉬면서 자신의 천냅킨을 다리 위에 다시금 올려놓다가 나를 보고는 이맛살을 찌푸렸다.

"괜찮은가 젊은 친구?" 그가 나를 향해 불쑥 물었다.

내 쪽으로 시선을 돌리던 샬로테가 외마디 비명을 질렀다. 아래쪽을 보니 피가 있었다. 코피가 베어네이즈 소스 위로 뚝뚝 떨어져 붉은 무늬를 그렸다. 콧속에 생긴 상처가 샬로테의 가격으로 터진 듯했다.

"스파링을 해서 그래요. 죄송합니다." 미소가 나왔다. 그저 멍청하게만 느껴졌다.

그 말을 들은 페어웰이 테이블을 내리쳤다. 아주 즐거운 듯했다.

"웰터급이지. 그렇지 않은가 한스? 한스라고 불러도 되겠지?"

"네 웰터급 맞습니다." 나는 피가 고인 접시를 내려다보았다.

"아! 못 말려."

샬로테가 큰 소리로 웃었다. 나는 다만 놀라울 뿐이었다. 내가 남을 웃긴 게 언제였는지 생각조차 나지 않았다.

"부엌에서 얼음을 조금 가져와도 될까요? 테이블보를 망치고 싶지 않아서요."

"좋아. 잠깐, 내가 함께 가줄게. 나도 잘 알지. 옥스퍼드 녀석이 내 코를 박살내어 놓았거든. 그때 나는 간헐온천처럼 피를 뿜었어."

페어웰이 일어나서 나와 함께 부엌으로 갔다.

나머지 저녁식사는 복싱 이야기를 중심으로 돌아갔다. 샬로테는 자신의 의자에 편안히 기대어 나를 보며 조용히 미소만 지었다. 페어웰이 무스오쇼콜라를 앞에 두고 일어

나서 자신이 예전에 시합에서 이겼을 때 써먹었던 콤비네이션블로를 선보이자, 샬로테는 잔을 들고 내게 고개를 끄덕였다.

식사를 마친 샬로테는 피곤하다며 작별인사를 했다. 아버지와는 포옹을 하고, 내게는 한 손을 목에 올린 채 뺨에 키스를 했다.

앵거스 페어웰은 나에게 보여줄 게 있다면서 묵직한 유리잔 두 개를 손에 쥐어준 뒤 지하실로 데려갔다. 지하실은 천장 바로 아래까지 포도주로 들어차고, 진열장 하나에는 위스키가 채워져 있었다.

"위스키 좀 알아?" 페어웰이 물었다.

"전혀 깜깜합니다." 포도주를 마셔서인지 그렇게 말할 용기가 났다.

"나도 네 나이 땐 몰랐어."

진열장에서 위스키 한 병을 꺼낸 페어웰은 나를 지하실 안쪽으로 안내했다. 페어웰이 스위치 몇 개를 누르자 복싱 링이 나타났다. 네온 등이 링을 밝혀주고, 링 옆 천장에는 샌드백 두 개가 걸려 있었다.

페어웰이 위스키 병마개를 따서 유리잔에 따랐다.

위스키는 이탄토와 캐러멜 맛이 났다. 페어웰은 내가 봄에 옥스퍼드와 맞붙기를 바란다고 말했다. 39년 전에 자신이 웰터급에서 이겼다면서, 내가 자신의 체급에서 싸우는 걸 본다면 영광이겠다고도 했다.

"앞으로 무엇을 하고 싶은가 한스?" 그가 물었다.

우리는 링의 로프에 몸을 기대고는 저쪽을 바라보고 있었다. 마치 그곳에 답이 감춰져 있기라도 하듯. 잠시 나는 뭔가 야망에 찬 직업을 말해야 하나 고민했다.

"사실 잘 모르겠어요."

그는 자신의 잔을 내 잔에 부드럽게 부딪혔다.

그러고는 "자유를 위하여!"라고 외치며 한 모금 마셨다.

무슨 말이든 해야 할 것만 같았다.

"제 이야기는, 어떤 직업을 가질지 모르겠다는 거예요. 다만 언젠가는 가정을 이루고, 제가 저 자신으로 우뚝 설 수 있는 일을 하고 싶습니다."

"그 다음엔, 자네는 누가 될 수 있겠나?"

나는 가만히 있었다. 페어웰이 내 어깨에 손을 올렸다.

"케임브리지가 자네에게 다가오도록 하게. 그러면 모든 것을 찾게 될 테니."

"무슨 일을 하세요?" 내가 물었다.

"나는 사모투자 전문회사의 매니저라네."

"아, 네."

그는 웃으며 설명했다.

"국민보건 제도의 팽창과 성장을 위한 펀딩에 집중하는 지주회사를 위해 일하고 있어. 즉 다른 사람들의 돈으로 기업을 사들여서 그 기업의 가치를 높여 몇 년 뒤 그 주식을 되팔아 이윤을 남기는 거야."

"아하."

"그러니까 기업 탈취 세력을 위해 일하는 거라네. 많은 돈이 더 많은 돈이 될 수 있도록. 우리끼리 하는 이야기지만, 정말 말도 안 되는 직업이야. 자네가 나중에 이런 일을 하려 들면, 샬로테에게 자네와 만나지 말라고 하겠네."

말을 잘못 들은 걸까. 샬로테가 나를 이 집에 데려온 것은 단지 자신의 아버지가 나를 피트 클럽에 추천해주도록 돕기 위함이라고 생각했다. 그리고 나는 여전히 그 안에서 어떤 범죄가 일어났는지 알지 못했다. 나를 독일에서 케임브리지로 불러올 만큼, 또는 자신의 아버지를 속일 만큼 중요한 범죄이련만….

시간이 조금 더 흐르자 페어웰은 차를 대기시켜 놓겠다고 말했다. 다음번에는 꼭 자고 가라면서, 그땐 무조건 링에서 몇 판 붙자고 했다.

"샬로테를 잘 좀 챙겨주게." 그가 말했다.

나는 고개를 끄덕였다. 더 이상 놀라지 않았다.

"샬로테는 상처를 받은 것 같아요." 나는 그렇게 말하며 페어웰이 나쁜 뜻으로 받아들이지 않기를 바랐다.

"그래, 케임브리지. 케임브리지가 여러 사람을 상하게 하는 것 같아."

"인간들이지요." 내가 대꾸했다.

"무슨 뜻이지?"

"장소는 장소일 뿐이고, 일을 만드는 건 늘 사람들이니까요."

그는 다시금 고개를 끄덕였다.

"샬리를 잘 좀 챙겨줘." 페어웰이 그렇게 부탁하더니 나지막이 "부디 그렇게 해줘."라고 덧붙였다.

그러고는 심호흡을 한 후 다시 힘찬 목소리로 자신이 옛날에 상체를 링의 로프에 걸치고 시소를 탔다고 말했다.

"왜 그런지는 알겠지."

"알지요." 나는 모르면서 그렇게 대답했다

차가 케임브리지 방향으로 한적한 도로를 달릴 때 나는 깜깜한 창밖을 바라보았다. 피곤하면서도 정신이 초롱초

롱했다. 알코올과 흥분이 서로 싸우면서 나의 마음을 산란하게 만들었다. 검고 큰 차였다. 운전수는 아무 말도 하지 않았다. 나는 이 세계에 속해 있지 않았다. 하지만 이 저녁의 어느 순간에는 마치 내가 이 세계의 일원이 될 수 있을 것처럼 느껴지기도 했다. 위스키의 이름을 입력해두려고 애썼지만 도통 떠오르지 않았다. 아마도 위스키를 마신 탓인 듯했다. 아니면 며칠 간 너무나 많은 일이 일어난 탓일지도.

어쨌든 나는 앵거스 페어웰과 친구가 되고 싶었다. 웃을 때 얼굴에 패는 주름이 아빠를 연상시켰다. 우연의 일치지만 그 주름이 나에게 따스한 느낌을 주었다. 그와 함께 복싱 이야기를 할 때 즐거웠다. 지하 링의 가장자리에 서 있을 때는 친근감마저 들었다. 복싱 시설을 마련해둔 지하실은 멋졌다. 이런 곳은 처음 보았다. 링의 로프는 검정색이고, 가죽으로 된 샌드백이 가장자리에 깔끔하게 걸려 있었다. 유리액자에는 알록달록한 색깔의 이국적인 나비들이 박제되어 있었다.

조시

11월에 토마토를 조달해야 하다니. 정말 말도 안 되는 일이었다. 광장에 선 장터로 가서 비프토마토를 들고 향을 맡았다. 비프토마토라, 죽이는 이름이다. 체리토마토도 한 알 따서 먹어보았다. 좋지 않았다. 계절이 계절이니까.

　오늘 저녁에 나는 복싱 클럽에서 알게 된 신참내기 독일 녀석을 위해 음식을 만들 예정이다. 나는 요리를 하고, 그는 먹게 될 것이다. 솔직히 말하자면 녀석의 환심을 사려는 수작이었다. 그가 마음에 든다. 친구로서 말이다. 난 동성애자가 아니니까.

　나는 콘샐러드와 새송이버섯, 셜롯(백합과의 식물로 양파처럼 생긴 것), 비네그레트소스에 넣을 처빌을 샀다. 그리고 정육점에 가서 허트포드셔에서 친환경으로 사육한 두꺼운 스테이크용 쇠고기를 샀다. 고기는 늘 친환경으로 사육한 것만 구입한다. 집단사육은 도덕적으로 문제가 있고 역겹기 때문이다. 이런 산업을 뒷받침하는 사람들은 개자식이다. 석유도 그런 주제다. 얼굴에 처바르는 크림은 석유를 베이스로 한다. 석유 말이다! 정육점 직원이 고기에 보닝 나이프를 대고 뼈에서 살을 발라내는 모습은 감탄을 자아냈다. 오 세상에! 그 칼이 마음이 들었다.

8시에 벨이 울렸다. 한스는 화이트와인 한 병을 들고 서 있었다. 슈퍼마켓에서 산 것임을 단박에 알았다. 화로 옆 스툴에 앉은 한스는 고급 셔츠를 입고 있었다. 하늘색으로, 광택이 났다. 고급 면 소재였다. 기자Giza나 씨아이랜드 Sea Island(최상급 면화 생산지) 원단 같았다. 많은 사람들은 브랜드가 중요한 줄 알고 아르마니로 달려가 비싼 셔츠를 데려온다. 우리 아버지의 재단사는 어릴 적 내게, 사실은 원단의 질과 바느질이 중요하다고 설명해주었다. 그는 자신의 양복에 절대로 브랜드 이름을 박아넣지 않았다.

나의 부엌은 가스레인지와 대리석 작업판으로 되어 있다. 내가 케임브리지에서 찾은 최고의 부엌가구다. 벽은 따뜻한 느낌의 연회색으로 칠했다. 패로 & 볼의 페인트 명으로는 'bone'이라는 색깔이었다.

나는 콘샐러드 재료를 다듬고 씻어서 물을 뺐다. 셜롯을 다지고, 버섯을 썰어 버터에 볶았다. 어려웠다. 온도를 연소점 이하로 유지해야 했기 때문이다. 하지만 버터는 얼마나 죽이는 재료인가.

"아, 요리도 하시는군요." 한스가 말했다.

이런 말을 자주 들었다. 케임브리지에는 음식을 만들 줄 아는 사람이 거의 없다. 대학생들은 대개 기숙학교 출신들이라 할 줄 아는 게 없다. 나에게 예전에 프랑스인 보모가 있었다. 그녀가 내게 요리를 가르쳐주었다. 하지만 다른 이야기다.

나는 비네그레트소스를 샐러드와 섞고, 버섯과 셜롯을 밑에 깔았다. 스테이크에 버터를 바르고 굵은 바닷소금과 신선한 후추를 뿌려서, 두껍게 잘라 접시에 올렸다. 알라 미뉴뜨A la minute, 제때에 딱 맞춰서!

그러고 나서 한스에게 말했다. "어제 피트 클럽에 갔어. 네 이름이 책에 쓰여 있더라."

말을 듣고 낯빛이 확 달라지는 꼬락서니라니. 꽤 재미있었다. 녀석은 아주 클래식한 얼굴과 만지고 싶은 머리칼을 가지고 있다. 한스는 야코죽은 표정으로 나를 쳐다볼 뿐 아무 말도 하지 않았다. 할 수 없이 내가 말을 이었다.

"앵거스 페어웰이 너를 추천했어. 나도 동의서명했고."

고기는 부드럽고 향미로웠다. 샐러드도 좋았다.

한스 슈티힐러는 점점 더 내 맘에 들었다. 평소엔 조용하다가도 링에 오르는 순간 야수로 변하는 스타일…. 훈련하면서 우린 때로 샌드백을 함께 쓰기도 했다. 둘 다 말을 많이 하지 않았다. 하지만 우리 사이에 유대감이 생겨나는 걸 느꼈다. 그러기를 바랐다. 침묵은 굉장히 스타일리시하다고 나는 늘 생각해왔다.

"쇠고기 더 할래, 한스?"

"무척 맛있는걸요."

"고마워."

"빵도 좀 있나요?" 그가 물었다.

"빵을 먹어?"

한스는 눈을 커다랗게 뜨고 나를 쳐다보았다.

"그럼 안 먹어요?"

"글루텐이 소화기관에 얼마나 위험한지 생각해봤어? 밀을 먹으면 배가 나올 뿐이야. 스펠트 밀가루는 좀 괜찮아.

하지만 모두가 유전자 변형 밀로 빵을 굽게 된 뒤부터 나는 빵에서 손 뗐어."

어리둥절한 표정으로 바라보는 녀석의 눈길이란. 이후 한스는 더 이상 아무 말도 하지 않았다. 우리의 의사소통 방식은 그냥 그랬다.

늦은 저녁 그가 간 뒤, 남은 싸구려 화이트와인을 개수대에 부어버렸다. 셜롯 껍질을 쓰레기통에 던져넣고, 식기를 식기세척기에 넣고는 행주로 대리석 상판을 훔쳤다. 그러고는 생각을 정리하기 위해 샴페인 반병을 마셨다. 시장 본 재료를 넣어온 갈색 종이봉투 안에서 처빌을 발견했다. 아뿔싸! 깜빡했다. 종이 안을 들여다보는데 뜨거운 힘이 치밀어 주체할 수 없는 것을 느꼈다. 발산해야 했다. 좋은 저녁이었다. 이제 나는 처빌을 버려야 했다. 아침이면 시들 것이므로…. 나는 물건 낭비하는 것을 싫어했다.

대리석은 아주 딱딱한 재료다. 아이도 다 아는 사실.

나는 한스가 앉았던 스툴의 다리를 잡고 그것을 대리석 바닥에 내리쳤다. 늘 그랬듯 나무로 된 다리가 산산조각 날 때까지 연거푸.

한스

캐슬 스트리트를 따라 내려가는 동안 나는 피부에 닿는 면의 감촉을 느꼈다. 재단사가 이니셜을 없애준 왼쪽 소맷부리를 보았다.

내가 다니는 칼리지를 지나 지저스레인으로 접어들었다. 깜깜한 밤, 피트 클럽이 하얀 빛을 발하며 서 있었다. 클럽하우스로 들어가는 입구는 이오니아식 기둥 네 개가 지붕을 떠받치고 있었다. 나는 차가운 기둥에 손을 대었다. 클럽하우스는 흡사 신전처럼 보였다. 피트 클럽에 들어가고 싶은 마음이 그 어느 때보다 절실해졌다. 한순간 나는 이런 소망이 알렉스 때문에 생겨난 것이라고 핑계를 대려 했다. 하지만 사실은 내가 오래 전부터 바라던 일이라는 걸 잘 알았다.

집으로 가야 했다. 카를 마르크스에 대한 에세이를 아침까지 끝마쳐야 했다. 주제가 내 마음에 들었다. *하늘에서 땅으로 내려오는 독일 철학과 반대로, 마르크스에 이르러서는 땅에서 하늘로 올라간다. 이것에 대해 논하시오.* 에세이 주제문이었다.

앵거스

첼시. 빛이 넘실대는 창문들, 높은 울타리, 하얀 자갈이 깔린 진입로. 이곳 교외는 런던 같은 느낌이 거의 들지 않는다. 내가 이곳을 좋아하는 이유다.

기숙학교에 들어가기 전까지 나는 서머싯의 커다란 단독주택에서 살았다. 밤에는 조용하고, 아침에는 꽃향기가 났다. 포도즙 짜는 날을 얼마나 기다렸던가…. 이것이 나의 어린 시절이었다.

콘크리트와 불빛이 번쩍이는 런던이 나를 우울하게 하는 시절들이 있었다. 지하철은 문명의 죄악이다. 지하철 속 사람들은 도살장으로 끌려가는 돼지들 같다. 지하철 안은 언제나 덥고, 늘 누군가는 재채기를 한다. 낯선 사람들의 체취를 맡아야만 한다. 정말 열악한 교통수단이다. 지하철 갱도로부터 올라오는 사람들의 얼굴을 생각하면, 곧 쓸쓸한 기분에 빠진다.

런던 사람들이 이방인에게 불친절하다고 평하지만 나는 동의하지 않는다. 아침마다 지하철에 올라타 녹초가 되기 전까지 런던 사람들은 굉장히 친절하다.

내가 가난해져서 호주머니에 단돈 5파운드밖에 없다면, 나는 지하철을 타는 대신 이 5파운드를 택시비로 지출하겠다고 맹세하는 바이다.

초대받은 투자은행가의 집은 긴 진입로 끄트머리에 있었다. 물론 길에는 하얀 조약돌이 깔렸다. 집으로 이어지는 길 가장자리에 엄청나게 큰 나비석상이 서 있었다. 맙소사. 원통형 모자를 쓰고 크림색 장갑을 낀 집사 두 명이 집 현관에서 나를 맞았다. 명색이 21세기에 어떻게 일하는 사람들에게 실린더 모자를 씌울 수 있는가? 안쪽에서 웃음소리가 새어나왔다.

모인 남자들은 마흔 명쯤 되려나. 나는 그들 모두를 알았다. 말끔하게 면도한 뺨, 머리칼이 듬성듬성한 머리, 마흔 개의 애프터셰이브 향. 그 모두가 합쳐져 향나무 비스름한 냄새가 났다.

젊은 축에 속하는 몇몇은 지하에서 당구를 치고, 정원에서는 두 남자가 벤치용 그네에 앉아 니그로니를 마시고 있었다. 한 남자가 니그로니를 은쟁반에 받쳐 집 안을 돌아다녔다.

주인장은 민간은행의 재무이사로 몇 년 전부터 일주일에 하루, 런던에 위치한 국제사면위원회 사무국에 명예고문으로 출근했다. 나는 그가 지하철을 타고 국제사면위원회에 출근할 거라고 확신했다. 주인장은 넓은 넥타이를 매고 하얀 담배를 손에 든 채, 소다를 넣어 희석한 화이트와인을 마시며 호탕하게 웃었다. 속속들이 졸부의 냄새가 풍겼다. 그를 상대로 복싱시합을 해보지 않은 것이 유감이었다.

주인장은 나를 포옹하며 인사를 하고는, 뭔가가 필요하면 조지에게 물어보라고 했다.

"누가 조지죠?"

"모두를 통틀어 조지라고 불러요. 그러면 헷갈리지 않으니까." 주인장이 대답했다.

다행히 피아노 앞에 나의 구원자가 앉아 있었다. 에티오피아의 암하 마코넨 왕자였다. 그는 네이비 색 턱시도 차림으로 새우를 먹고 있었다.

"암하, 이 사람 여기 있군." 내가 인사했다.

"페어웰, 여기서 만나니 반갑네. 새우 먹을래?"

왕자와 나는 40년 전에 한 시즌 동안 대학 대표로 함께 복싱을 했다. 왕자는 나보다 일년 뒤에 나비가 되었다. 그는 클럽 회원이 된 최초의 유색인이었다. 당시의 토론이 아직도 생각난다. 그가 데이비드 가문의 왕자라는 사실이 도움이 되었던 것 같다. 대학에 다니던 시절, 그의 모든 상의 옷깃은 검정 벨벳으로 되어 있었다. 자신의 아버지가 고국에서 쿠데타로 축출된 것에 대한 슬픔을 표시하기 위해서였다. 나는 연대감에서 검정 벨벳으로 옷깃을 댄 트위드재킷 한 벌을 맞추었고, 이것이 우리의 우정을 돈독하게 해주었다. 암하와 나는 지금껏 같은 양복디자이너에게 옷을 맞춘다. 빈의 디자이너로 매년 여섯 차례 가봉을 위해 런던을 오간다.

이 저녁 우리는 딸들 이야기를 했다. 왕자는 매니큐어 칠한 손가락으로 새우껍질을 벗기면서 자신의 딸이 학교에서 얼마나 사고를 치는지 하소연했다. 그러면서 이제 2년만 지나면 케임브리지로 오게 될 것이라고 덧붙였다. 자신의 딸도 샬로테처럼 미술사를 공부할 예정이라며, 미술은 공주에게는 완벽하다고도 했다. 그러면 그림으로 가득한 궁정에서 지루할 틈이 없을 거라고.

그 말을 듣자 예전에 왕자가 자신의 대입시험에 대해 해준 이야기가 생각났다. 다른 학생들이 에세이를 쓰고 시험을 치르는 동안, 그는 칼리지의 학장과 함께 장미정원을 산책했다. 산책이 끝날 무렵 학장은 이 정원 장미 이름(데이비드 오스틴장미)의 유래가 된 사람들과 개인적으로 아는 학생이 자신의 칼리지에 다니게 된 것을 기쁘게 생각한다고 말했다.

"그나저나, 젊은 현역 애들 이야기 들었어?" 내가 물었다. 요즘 자못 신경이 쓰이는 이야기를 들었기 때문이다. 노르웨이 대사가 최근 점심식사 자리에서 현역 애들이 드링크에 마약을 타서 여학생들에게 준다고 내게 알렸다.

왕자는 새우 하나를 입에 넣었다.

"응. 뭐, 편안하게 생각하자고. 있잖아, 그 일본 위스키 들어봤어? 한 병에 200파운드짜리 말이야. 당구공 같은 맛이 나지. 저 앞에 한 병 있던데."

나는 당구공을 과연 맛보고 싶은 건지 궁금했다.

"그나저나 지난번 가볍게 뇌경색 왔다며? 술 마셔도 괜찮아?"

"나, 왕자야. 뇌경색이 있어도 마셔."

암하가 다른 왕자들처럼 거드름을 피우거나 스스로 중

요한 인물인 양 시위하지 않는 것이 좋았다. 암하는 런던 북쪽 자그마한 집에서 켄트 출신 의사인 아내와 함께 살고 있었는데, 늘 돈에 쪼들렸다. 그리고 십중팔구 아디스아바바의 궁정으로 돌아가지 못할 거였다. 이제 그곳에는 한 장군이 거주하면서 정원에 검은갈기 사자들을 키우고 있으니까.

조지 한 명이 심벌즈를 쳤고, 우리는 식당으로 들어갔다. 테이블에는 은행가들이 일렬로 앉아 있었고, 대사도 둘 보였다. 상원의장, 왕자 한 명, 공작 다섯 명, 경매협회 의장, 해외정보국장, 〈Spectators〉 편집장, 그리고 나. 누가 이 방에 수류탄을 던지면, 내일 아침 이 사람들이 다른 곳에서 깨어나겠군, 하는 생각이 들었다.

내 옆에는 암하 왕자와 공작 한 명이 앉았다. 공작은 편집장과 신문기사 이야기를 했다. 자신과 관련한 기사가 났는데, 자기는 보도 사실조차 몰랐대나 뭐래나…. 지루하기 짝이 없었다. 조지가 꿩구이 두 접시를 들고 왔고, 그 뒤에 또 다른 조지가 다시금 꿩구이 두 접시를 들고 왔다. 남자들은 꿩고기를 먹으며 복싱에 대해, 여자들에 대해 이야기했다. 웃음, 남아프리카 레드와인, 불콰한 얼굴들, 빳빳한 셔츠에 떨어지는 갈색소스…. 나는 단테를 떠올렸다.

술을 마셨지만 취하지는 않았다. 파티는 슬슬 내 신경을 건드리기 시작했다. 모든 것이 쓸데없는 걱정인지도 모른다. 샬로테는 나비들의 초대를 받기 딱 좋은 연령이었다. 다만 똑똑하게 그런 초대에 응하지 않기를 바랄 뿐.

나는 왕자에게 작별인사를 한 후 차를 몰고 자갈길을 통과했다. 나가는 도중 나비석상 앞에 멈추었다. 내 손에는 일본 위스키 한 병이 들려 있었다. 주변을 돌아보고는 석상 날개를 발로 세게 찼다. 상당히 센 발길질이었다. 예순이 넘어서도 이렇게 힘 있게 찰 수 있구나, 생각하며 한순간 기뻤다. 그러나 다음 순간 이끼 낀 돌에 미끄러져 균형을 잃었고, 밤이슬 젖은 풀숲으로 넘어지고 말았다. 그곳에 누워 하늘을 올려다보았다. 스스로 몹시 바보처럼 느껴져서 잠시 더 그렇게 누워 있었다. 어릴 적 서머싯 사과농장에 누워 있던 때와 같은 냄새가 났다. 나는 몇 번 심호흡을 하고는 한 손으로 잔디를 만졌다. 마음이 가라앉았다. 누워서 위스키를 한 모금 마신 뒤 나머지는 잔디에 부어버렸다.

한스

대부분의 복서들은 함께 조깅을 했다. 트레이너는 그것을 '거리 공략'이라 불렀다. 빌리는 조깅을 하지 않았다. 무릎에 문제가 있다고 했지만, 다른 사람들은 빌리가 그저 게으름을 피운다고 여겼다. 저녁에 잠자기 전 교외 들판을 달리는 게 좋았다. 혼자 달렸다. 매번 샬로테의 말이 있는 목장을 지나치면서 말에게 사과 한 개를 던져주었다. 친밀감이 느껴졌다.

12월의 밤에 나는 들판 위를 달리며 다음 시합을 생각했다. 아니 아무 생각도 하지 않았다. 후드티를 언제 빨았든, 털모자를 쓴 내 모습이 굉장히 이상해 보이든 말든, 알바 아니었다. 중요한 것은 가능한 빨리 달리는 것뿐이었다. 나는 복싱에서 트레이닝이 갖는 의미를 이미 여러 차례 생각해봤다. 트레이닝은 신체를 아픔에 익숙하게 담금질 하는 기회였다. 어릴 적 나는 아픔을 피하려고 트레이너가 보지 않으면 아주 가볍게 쳤다. 그러나 대학생이 된 나는 이제 아픔을 갈구했다. 복서는 승리가 아닌 시합을 사랑해야 한다고 나는 믿는다. 축구선수들이 트레이닝 하는 모습을 구경한 적이 있다. 그들은 낄낄거리고 시시덕거리며 트레이닝을 했다. 케임브리지 대학교 아마추어 복싱 클럽 체육관에서는 아무도 웃지 않는다.

말 목장에 다가갔을 때 두 사람의 실루엣이 보였다. 나는 밤눈이 약간 어둡다. 그래서 일단 그쪽으로 갔다.

목장 가에 선 두 사람은 샬로테와 한 남자였다. 둘은 손을 잡고 있었다. 뭔가 잘못된 느낌이 들었다. 나는 돌아서서 다른 방향으로 뛰어가려 했다.

"한스."

샬로테가 나를 불렀다. 돌아서는데 숨이 가빴다. 샬로테는 그 남자를 소개하며 메마른 미소를 지었다.

"마그누스, 내 친구야." 그녀가 소개했다.

금발에다 골프를 잘 칠 것 같은 용모였다. 구레나룻이 잘 어울릴 법했지만 수염을 기르지는 않았다.

"손님인가요?" 내가 물었다.

치아가 희고 곧은 남자였다. 그가 웃으며 내 어깨를 치자 나의 왼손이 실룩거렸다. 한순간 샬로테의 시선에 두려움이 스쳤다. 내 속마음을 들킨 기분이었다.

금발의 남자는 아무 말도 하지 않은 채, 내가 농담이라도 한 양 입을 벌리고 웃었다.

"나는 경제학 박사과정을 밟고 있어요. 원래는 BCG의 컨설턴트로 일하고 있죠."

BCG가 뭔지 나는 알지 못했다. 관심도 없었다. 샬로테와 금발 남자는 몇 마디 공허한 대화를 나누었고, 나는 그녀의 작은 손가락이 나비넥타이를 매어주며 내 목을 스치던 느낌을 생각했다.

"반가웠습니다. 죄송하지만, 훈련 중이었어요. 이제 가보겠습니다. 행운을 빌어요."

그렇게 말한 뒤 나는 깜깜한 밤속으로 뛰어갔다. 어째서 그런 말을 한 거지? 행운을 빈다고? 맙소사! 속도를 높이며 나는 금발 남자의 얼굴을 뇌리 속에서 지웠다.

피터 윙

알람: 7시.

운동: 윗몸일으키기 50회. 딥스 30초씩 2회.

마스터베이션: 아침식사 시간에.

아침식사: 중국 교자와 인스턴트 면.

오늘의 모토: 이길 능력이 없어도 이길 방법을 찾는다.

오늘의 목표: 에티오피아 왕자에게 편지 쓰기. 최고가 되기.

   존경하는 마코넨 왕자님께,

   제 이름은 피터 윙입니다. 저는 케임브리지 대학생으로 피터 하우스에 살고 있습니다. 왕자님은 저를 모르시지만, 왕자님과 나 사이에는 공통점이 있습니다. 우리 둘은 외국

인으로 케임브리지에 왔어요. 왕자님은 고향인 에티오피아에서 쿠데타가 일어난 직후 이곳으로 오셨지요. 나는 고국인 중국에는 내가 찾는 것이 없기 때문에 왔습니다. 피트 클럽 때문에 왔지요. 피트 클럽이 위대한 사람들을 배출하는 조직이기 때문에요.

나는 왕자님께 제가 클럽에 들어갈 수 있게 도와달라고 부탁드리고 싶어요. 왕자님은 최초의 유색인 회원이셨어요. 나는 최초의 아시아계 회원이 되고 싶습니다. 도서관에 있는 오래된 사진을 보고 왕자님이 피트 클럽 회원이라는 걸 알았습니다.

제 아버지는 북중국 테크놀로지 코퍼레이션의 *CEO* 바오원입니다. 나는 중국의 졸업시험 가오카오를 베이징 최고 성적으로 마쳤고, 마라톤을 *3시간 17분*에 완주했어요. 언어는 중국어, 영어, 프랑스어에 능통하고 하카어(*중국의 방언*)도 약간 합니다.

케임브리지에서 탁월한 성적으로 *1학년*을 마쳤고요. 현재는 유니언소사이어티, 육상 클럽, 와인치즈미식가 클럽, 크로켓 클럽에 들어 있어요. 나는 피트 클럽에 친구가 많아요. 하지만 왕자님이 제 이름을 입구의 책에 써놓아 주신다면 도움이 될 거라고 생각합니다.

감사의 뜻으로 에티오피아에서 정의를 구현하려는 왕자님의 투쟁에 조력하겠습니다. 왕자님의 재단에 제가 도울 일이 있으면 −물심양면으로− 말씀해주시면 기쁘겠습니다. 한번 런던에 가서 개인적으로 뵙고 싶습니다.

답장을 기다리며…,

존경을 담아,

피터 윙 드림

한스

새해를 맞고 얼마 지나지 않아 나는 내 방 마룻바닥에 누워 있었다. 아침에 트레이닝을 하다가 등을 삐끗하는 바람에 앉거나 누워도 통증이 가시지 않았다. 딱딱한 바닥에 누워 발을 침대 가장자리에 올리면 좀 견딜 만했다. 나는 그런 자세로 푸코에 대한 책을 읽었다.

나는 발가벗은 상태였다. 추운 날도 잠을 잘 때면 늘 옷을 벗은 상태로 잤다. 그때 노크 소리가 들렸다. 청바지를 입고 문을 열었다. 밖에 턱시도 차림의 앵거스 페어웰이 서 있었다. 그가 내 얼굴을 보며 웃었다. 그의 은빛 머리칼이 흩날렸다.

"옷 입어. 약속이 있으니까." 페어웰이 말했다.

방으로 들어가면서 그가 온 것을 몹시 반가워하는 나 스스로에 대해 놀랐다. 나는 얼굴에 찬물을 끼얹고 새로운 나비넥타이를 매었다. 이 나비넥타이는 몇 주 전, 그러니까 말 목장에 갔던 다음날 내 우편함에 놓여 있었다. 갈색 종이봉투 안에 들어 있었는데, 보낸 사람 이름은 적히지 않았다. 하지만 나는 그것을 넣어둔 사람이 샬로테라는 걸 알았다. 그리고 2주 동안 매일 조금씩 나비넥타이 매는 연습을 해둔 차였다.

셔츠단추를 마저 다 채우지 못한 채 부리나케 복도로 나갔다. 페어웰은 벽에 기대서 있었다. 회칠된 벽에 고급 손수건을 댄 모습으로.

"어디 가는 건가요?" 내가 물었다.

페어웰이 나보다 먼저 계단을 내려가고 있었으므로 그의 얼굴은 보이지 않았다.

"피트 클럽. 위원회가 오늘 너를 회원으로 받아들이기로 결정했어."

나는 말없이 그를 따랐다. 계단을 내려갈 때마다 한 걸음씩 목표에 가까워지고 있었다. 하지만 나를 위해 애써준 사람을 속인다고 생각하니 발걸음이 무거웠다.

나는 아래쪽으로 가서 페어웰에게 손을 내밀었다. "고맙습니다, 페어웰 씨."

"앵거스라고 부르게나."

우리는 조용히 피트 클럽으로 걸어갔다. 강으로부터 나오는 축축한 한기가 시내를 뒤덮었다. 우리 둘 다 외투를 입지 않았다. 그러나 나는 추위도 느끼지 못할 만큼 긴장한 상태였다. 클럽으로 들어가 계단을 올랐다. 내 앞에 30명쯤 되는 남자가 일렬로 서 있었다. 모두가 예복을 입고 은색, 파랑, 검정색 줄무늬로 이뤄진 피트 클럽의 나비넥타이를 매고 있었다. 페어웰과 나는 바 쪽으로 갔다. 모든 남자들이 내게 악수를 청하고 손을 잡아 흔들었다. 나도 페어웰처럼 뽀송뽀송한 손바닥으로 힘찬 악수를 할 수 있다면 얼마나 좋을까. 그러나 나의 손바닥은 축축했다.

바에는 금속으로 된 두 개의 잔이 놓이고, 샴페인이 가득 채워져 있었다. 곁눈질로 페어웰이 잔을 내려놓지 않는 것을 보고는 나도 잔을 단숨에 비웠다. 페어웰은 내 나비넥타이의 끝을 잡아당겨 풀어서 콤비주머니에 넣어준 뒤 피트 클럽 나비넥타이를 다시 매주었다.

그런 다음 "슈티힐러를 위하여!"라고 소리 높여 외치고는 내게로 돌아서 "넌 이제 피트 클럽의 회원이야."라고 말했다. 모두가 은빛 잔을 높이 쳐들고 나의 가짜 이름을 외쳤다. 슈티힐러가 아니라 '슈티클러'에 가까운 발음이었지만, 나는 자랑스러웠다.

밤은 코르크마개가 날아가듯 순식간에 지나갔다. 벽의 꽃병에 꽂힌 백합에서 진한 향기가 뿜어져 나와 두통이 생길 정도였다. 이 음료 값은 누가 다 치르는 걸까? 나는 그렇게 자문하며 아는 얼굴들을 세어보았다. 복서들도 몇 명 있었다.

때로 나이 지긋한 남자들 중 하나가 내게로 다가와 시시껄렁한 이야기를 하거나 어느 칼리지에 속하는지를 물었다.

한 사람은 "이번 해에 들어온 여학생들은 좀 어때? 물은 좋은가?"라고 물었고, 또 한 사람은 "아버지는 뭘 하시지?"라고 물었다. 다음 사람은 "말 타고 사냥하는 걸 좋아하나?"라고 물은 뒤, 독일 사냥견 다켈Dackel(닥스훈트)의 장점을 꽤 오랫동안 논했다.

조시는 포옹으로 환영인사를 했다. 나는 신체 접촉이 불쾌했지만 티를 내지 않았다. 조시는 프렌치드레싱에 처빌을 넣는 걸 깜박했다고 사과를 하고는, 이번 해에 우리가 옥스퍼드를 박살내어 버리자면서 내 뺨을 손바닥으로 때렸다.

"밤, 밤, 밤." 그렇게 말하면서.

그 바람에 내 손은 바의 데크를 주욱 따라가다 라커 칠이 떨어져 나간 부분을 손바닥으로 간신히 짚었다.

그때 누군가 나를 붙잡아 문 쪽으로 데려갔다. 계단을 내려가 밖으로 나서자 차가운 공기가 폐 속으로 흘러들었다. 페어웰이었다.

"잠시 바람 좀 쏘이지." 그가 말했다.

나는 아빠가 웃을 때 얼굴에 지던 주름을 생각했다. 우리는 세인트 존스 칼리지로 갔다. 수위가 묻지도 않고 문을 열어주는 폼이 페어웰을 잘 아는 듯한 눈치였다. 우리는 캠 강을 가로지르는 다리 난간에 걸터앉았다.

그에게 알렉스 이야기를 하고 싶었다. 그러나 어떤 말로 시작할지 알지 못했다. 알렉스는 자신이 나를 필요로 하기 전까지, 나를 위해 해준 것이 없었다. 나는 그녀를 위해 거짓말을 했고, 그것이 싫었고, 언제까지 그것을 견딜 수 있을지 장담할 수 없었다.

"한스?"

페어웰이 나를 바라다보았다. 내가 멍하니 백일몽에 빠져 있었던 것이다.

"샬로테를 잘 지켜주고 있겠지?" 페어웰이 물었다.

"스웨덴 사람이 그렇게 하고 있는 것 같던데요?" 내가 대답했다. 나는 약간 취한 상태였다.

"그 스웨덴 작자는 우리 회원이 아니야."

페어웰은 강물에 침을 뱉었다.

"샬로테를 클럽에 데려오지 마." 그가 말했다.

나는 침묵했다.

"다음주에 런던으로 오겠어? 내 양복디자이너가 빈에서 오거든. 새로운 턱시도가 필요할 것 같은데."

내 턱시도는 영국에 오기 전 알리바바라는 인터넷 상점에서 89.99유로에 구입한 것이었다. 바지는 약간 펑퍼짐했지만, 난 아무도 그 점을 눈치 채지 못할 거라고 생각했다.

"가고 싶지만, 전 새것을 마련할 형편이 못 돼요."

"값은 내가 치러."

그가 내 어깨에 팔을 둘렀다. 아버지가 아들을 격려하듯이. 하지만 아마도 나의 착각일 것이다.

내게는 신앙이 없었다. 하지만 내 방에 가서 옷을 입은 채 잠자리에 들던 때 이런 기도가 절로 나왔다. "사랑의 하느님, 감사합니다. 앵거스 페어웰 같은 사람을 만나게 해주셔서 감사합니다."

나는 여태껏 친구를 간절히 꿈꾸었다. 어딘가에 속하고 싶었다. 그리고 이제 꿈을 이룬 것이다. 내가 사기꾼이 되었기 때문에…. 알렉스는 나에게 피트 클럽 안의 범죄를 밝혀내야 한다고 말했다. 클럽의 남자 중에 이상한 애들이 있긴 하다. 여자 이야기를 할 때, 좀 이상한 건 사실이었다. 여자를 경멸하는 것처럼 들린다고 할까. 하지만 그걸 알면서도 파티에 오는 여자들이 더 이상했다. 페어웰이 어딘가에서 불법을 저지르는 데 동참했으리라고는 상상할 수 없었다.

하느님께 아직 충분히 이야기하지 않은 것 같은 느낌이 들어서 "제게 바른 길을 인도해 주십시오."라고 덧붙여 기도했다.

나는 매트리스에 누워 오늘 밤을 생각했다. 얼마나 좋았던가. 그리고 앞으로 올 밤들을 생각했다. 한 발을 침대 옆 바닥에 대니 세계가 덜 도는 느낌이었다. 등의 통증은 깡그리 잊었다.

조시

교외에 사는 건 장점도 있고 단점도 있다. 가장 큰 단점은 망할 놈의 길이다.

나는 몇 번이나 넘어졌고, 정원 덤불에 구토를 했다. 절대적으로 '프리미엄 토'였다. 내가 미처 앉아서 몸을 가누기도 전에 입에서 부드럽게 토가 나왔다. 덤불 옆에 테라코타로 된 정원 장식용 난쟁이 인형이 있었다. 나는 그것을 집어들고 첫 유모에게 배웠던 동요를 불렀다.

Rond, rond, rond

La queue d'un cochon.

Ri, ri, ri

La queue d'une souris.

메스꺼웠다. 하지만 기분은 좋았다. 한스 때문에 기뻤다. 이제 우리는 정말로 친구가 될 것이다. 유대감이 느껴졌다. 나는 이 녀석에게 완전히 빠졌다. 잘 모르는 사람이 본다면 내가 동성애자인 줄 착각할 정도로. 녀석과 함께 시간을 보내고 싶었다. 이것저것 이야기를 하고 싶었다. 그를 나의 동반자로 삼고 싶었다.

몇 분 동안 벤치에 앉아 노래를 부르다가 추워져서 다시 걸었다. 진을 생각했고, 다가올 옥스퍼드와의 시합을 생각했다. 집을 코앞에 둔 상태에서 나는 다시 한 번 정원으로 달려가 바지지퍼를 열었다. 나는 달빛을 받으며 현관 앞에 서서 담배 피우는 창녀를 미처 보지 못했다. 내 오줌줄기는 작약에 맞았다. 나는 내 물건을 손에 쥔 채 어떤 사람들은 계산을 잘 해, 어떤 사람들은 바이올린을 잘 켜지. 어떤 사람들은 프랑스어를 잘 하고, 나는 그걸pamsen(성교를 뜻하는 속어) 잘하지, 생각하며 히죽거렸다. 그 순간 뒤에서 매춘부의 말소리가 들려오자 깜짝 놀라 균형을 잃고 작약 쪽으로 넘어지고 말았다.

"꽃은 네 물건을 닮지 않았으면 좋겠어. 꽃은 늘 작게 남아 있거든." 그녀가 말했다.

나지막한 목소리였다. 내가 그녀에게 다가가자 그녀는
내 눈을 똑바로 쳐다보았다. 당돌해 보였다. 헤어스타일이
남자처럼 숏컷이었다.

"내 땅에 오줌 싸지 마." 그녀가 쏘아붙였다.

그녀가 막 돌아서는 찰나였다. 샴페인 3리터를 마셨어도
순발력은 살아 있었다. 나는 레프트훅을 날렸다. 주먹이
아닌 손바닥으로. 여자를 주먹으로 때릴 수는 없으니까.

밤Bam.

그녀는 나자빠졌다. 나는 아무 말도 하지 않은 채 그녀
를 향해 침을 뱉고는 돌아보지 않고 걸었다.

Ra, ra, ra

La queue d'un gros rat.

테라코타로 된 정원 난쟁이가 내 손에 차갑게 들려 있었
다. 앞으로 그의 자리는 내 방 창턱이 될 것이다. 바질과
로즈마리 화분 옆에.

피터 윙

자명종 : 7시.

운동 : 윗몸일으키기 52번. 딥스 30번.

마스터베이션 : 우편물을 받고 나서 안정을 위해 3번.

아침 : 중국 교자와 인스턴트 국수.

오늘의 모토 : 뭔가를 의도해도, 그렇지 않은 척하라.

오늘의 목표 : 전나무에 올라가 피트 클럽 구경. 최고가 되기.

　친애하는 윙 씨에게,

　편지 잘 받았습니다. 유감스럽게도 나는 이 부분에서 학생을 도와줄 수가 없군요. 지금 나는 케임브리지 대학과 관계된 어떤 클럽과도 교류가 없는 상태입니다.

　　　　　　　　　　　　인사를 전하며, 암하 마코넨

알렉스

아마존에서 친구 계정으로 14파운드짜리 경찰봉(호신용 경봉)을 구입해 친구의 런던 집 우편함으로 배달시켰다. 길이 63센티에 손잡이는 합성고무이고 끝에는 작은 쇠공이 달려 있었다. 고객 평 중에 이런 문장이 보였다. *반짝이는 멋진 금속으로 되어 있으며 아주 튼튼하다. 테스트로 금속 테이블을 쳐보았는데, 봉이 끄떡도 없었다. 아주 좋다!*

나는 이런 도구를 지금껏 써본 적이 없다. 하지만 고객 평을 보니 확신이 들었다.

그의 집은 놈이 나를 때렸던 밤, 집으로 돌아가 얼굴을 씻기 전 몰래 미행해서 알아놓았다. 그는 내가 미행하는 것을 눈치 채지 못했다.

이제 2주 전부터 매일 밤 검은 옷차림으로 봉을 든 채 그의 집 앞 덤불 속에서 기다렸다. 추웠고, 덤불에 거미들이 기어다녔다. 언젠가 적절한 시점이 오겠지. 사람들이 모두 잠든 깜깜한 밤에 그를 손봐주기로 했다. 지난 세월, 나는 무던히도 참을성을 길렀다.

　덤불 속에 서서 나는 한스를 생각했다. 샬로테는 내게 한스가 자신의 아버지와 잘 통한다고 이야기했다. 그 아이는 그렇게 외로웠던 거다.

　몇 주 전 밤에 한스를 보았다. 캐슬 스트리트를 걷고 있었다. 정신 나간 소리처럼 들리겠지만, 그가 곧장 방으로 가지 않고 거리를 내려갈 때 그를 미행하기 시작했다. 그는 사뿐사뿐 걸었다. 매 걸음 혹여 곤충 한 마리라도 밟을까봐 조심하는 듯한 걸음걸이. 그애 엄마의 걸음걸이도 그랬다. 그녀가 그리웠다. 그 옛날 숲속 집에서 한스의 가족과 함께 테이블에 앉아 있던 때, 나는 가족이 무엇인지 알 것 같았다. 우리는 저녁 빵을 앞에 두고 손을 잡았고, 나는 모처럼 안정감을 느꼈다.

　그 저녁 한스가 케임브리지 피트 클럽 앞에 선 채 넋을 잃은 듯 하얀 기둥을 올려다보았을 때, 나는 한스를 안아주고 싶었다. 엄마가 된 듯한 기분이었다. 하지만 나는 어둠속에 머물렀다.

엄마가 된다는 것, 내게는 어울리지 않는 직업처럼 들린다. 내가 누군가에게 모성애를 느낄 줄은 몰랐다. 예순이 다 된 이 나이에 어느 남자를 기다리며, 울타리 덤불에서 밤을 보낼 줄은 더더구나 몰랐다.

그가 왔을 때, 나는 얼굴에 복면을 쓰고 소매에서 봉을 꺼냈다. 살그머니 울타리 뒤에서 나와, 장화발로 오금을 찼다. 그가 바닥에 쓰러지자 쇠 봉으로 쳤다. 스무 번, 아니 서른 번 쯤 때렸을 것이다. 조심해서 몸통만 치려고 애썼다. 머리를 쳐서 두개골이라도 깨지면 일이 아주 복잡해질 테니까. 경봉을 내려치다가 지쳤을 즈음, 나는 그의 얼굴에 침을 뱉었다. 그는 눈을 감고 있었다. 한 남자를 눈 감고 못 움직이도록 만드는 일이 이렇게 쉬웠다니.

집으로 돌아와 경봉을 매트리스 아래에 넣고는 따뜻한 물로 샤워하고 크림을 발랐다. 이제 한스가 자신의 몫을 해주기만 하면 된다. 그가 와서 다행이다. 정말이지 오랜만에 처음으로 블라인드를 내리지 않고 잠을 잤다.

한스

"너 무서워하는 것 같다."

알렉스가 의자등받이에 등을 기대지 않은 채로 말했다. 사실 그 말이 옳았다. 2월 말이었고, 5주만 지나면 옥스퍼드와 시합이 있었다. 나는 찐 닭가슴살과 드레싱을 치지 않은 샐러드만 먹고 지냈다. 체급에 맞추려면 4킬로그램을 빼야 했기 때문이다. 하루 한 끼만 먹었더니, 피부가 병든 것처럼 창백한 빛을 띠었다.

2월인데도 비가 내렸다. 어둠은 일찍 찾아왔다. 난로에는 불이 타오르고 있었다. 건물 규정상 칼리지 안에서는 불을 피우는 걸 금지한다는 내용을 읽은 적 있었다. 알렉스 연구실 천정에도 분명 화재 감지기가 설치돼 있을 터인데…. 위를 올려다보니 작은 구멍들만 보였다.

알렉스는 나의 진보에 대해 이야기하려 했다. 아무튼 그녀가 보낸 이메일에는 그렇게 적혀 있었다. 대학생활을 시작한 지 이제 6개월이 지났고, 나는 여기가 어떤 곳인지 대략 파악했다. 실제로 천재들이 있었다. 그러나 대부분의 대학생들은 엄청난 노력파였다. 중국 학생들 중에는 도서관에서 공부하다 책을 펴놓은 채 엎드려 잠을 자는 아이들도 있었다. 많은 학생들이 압박에 견디기 위해 리탈린(중추신경계를 흥분시키는 약)을 복용했다. 우리 칼리지에는 매일매일 8시간씩 바이올린을 연습하느라 방음장치가 된 방에 사는 여학생도 있었다. 이상성욕이 있다고 소문난 러시아 출신 철학과 여대생 하나는 교수들보다 헤겔에 대해 더 박식했다. 쥐의 뇌에 대해 박사논문을 쓰느라, 하루 평균 네 마리 쥐의 목을 꺾는 젊은 학자도 있었다. 대다수 학생들이 피트 클럽의 존재를 알았다. 그러나 어차피 자신들과는 거리가 먼 클럽이므로 별로 개의치 않았다. 간혹 파티에서 클럽에 대한 최근 소문들을 이야기하거나, 언젠가 한 번 그곳 파티를 구경하고 싶어하는 정도였다.

강의는 흥미로웠고, 나는 도서관의 고대 노르웨이 문학 서적들이 꽂힌 서가에서 많은 책을 읽었다. 이곳이라면 혼자 머물 수 있기 때문이었다. 도서관의 구관으로, 옆문을 통해서만 출입이 가능했다. 와이파이 랜도 설치되지 않아서, 학생들에게 별로 인기가 없는 장소였다. 그곳에서는 먼지와 오래된 접착제 냄새가 났다. 책 속에 종종 샬로테가 보낸 작은 메시지들이 담겨 있는 듯한 기분이 들었다. 나는 매일같이 훈련했고 보통 한 주에 두 번, 점심시간에 피트 클럽에 갔다. 그러나 이 시기 그곳에 가는 건 별 의미가 없었다. 요리사가 닭가슴살만 삶아냈기 때문이다. 클럽에서 범죄나 그 유사한 걸 관찰한 적은 없었다. 나는 그 모든 이야기를 했고 알렉스는 귀를 기울였다.

알렉스는 유리문을 열고 발코니로 나갔다. 밖에서 비바람이 들이쳤다. 알렉스는 반소매 블라우스와 청바지 차림으로 빗속에 서 있었다. 나는 잠시 기다리다가 외투를 걸치고는 따라 나섰다. 예배당 뜰에는 가로등이 하나도 없었다. 학생들 방 창문에서 새어나오는 불빛들뿐. 모두가 스탠드 불빛을 받으며 책상 앞에 앉아 있었다. 알렉스는 추워서 싫으냐고 물었다.

나는 옆에 서서 알렉스의 야윈 얼굴을 바라보았다. 지난 몇 달 동안 나는 알렉스가 한 번쯤은 나와 함께 식사를 하며 시간을 보내지 않을까 내심 기대했다. 하지만 알렉스와의 만남은 늘 짧고, 거리가 있었다. 마치 상사에게 보고를 하는 듯한 느낌이었다.

몇 주 전 나는 인터넷에서 알렉스의 인터뷰 기사를 발견했다. 상당히 오래된 신문기사를 스캔해놓은 것이었다. 거기서 알렉스는 안식년을 맞아 몇몇 산을 등반한 이야기를 하고 있었다. 헤아려보니 우리 엄마가 세상을 떠난 이듬해였다. 그해 겨울 알렉스는 꽁꽁 얼어붙은 알래스카의 유콘 강 위를 430킬로미터나 걸었다. 유콘 알틱 울트라Yukon Arctic Ultra라고 불리는 대회로, 영하 50도 추위에서 열리는 세계에서 가장 힘든 대회에 속했다. 인터뷰에서 알렉스는 자신의 긴 속바지가 너무 넓어서, 허벅다리가 자꾸 속바지 솔기에 쓸렸노라고 했다. 하지만 알렉스는 그 바지를 벗을 수가 없었다. 그랬다간 얼어죽을지 몰랐다. 알렉스는 수백 명 참가자 중 34위로 목표 지점을 통과했다. 그녀보다 앞서 들어온 사람들은 모두 남자였다. 한 오두막에서 의사가 그녀의 바지를 절개했다. 허벅다리살과 근육이 죄다 상해 있었다.

"그때 왜 알래스카 대회에 참가했어요?" 내가 물었다.

알렉스는 코에서 빗물을 닦았다. "귀신을 믿어?" 알렉스가 반문했다.

"뭐라고요?"

"여기 칼리지에 귀신들이 있대. 그 이야기 아직 안 들었어? 두 번째 뜰에. 제임스 우드라고 전에 다녔던 대학생의 귀신이래. 제임스 우드는 150년 전 이곳에서 공부를 했는데 너무 가난해서 땔감을 마련할 수가 없었대. 그렇게 공부하다가 책을 펴놓고 잠이 들었고, 그만 얼어죽고 말았대. 그때부터 그의 귀신이 대학생들을 따라다닌다고."

"알렉스, 이모와 이야기하는 건 왜 이렇게 힘이 들죠?"

"난 오랫동안 귀신이야기를 믿지 않았어."

"그런데 왜 그 말을 내게 하죠?"

"유콘에서 나는 귀신에게서 도망쳤어."

알렉스는 몸을 떨었다. 블라우스가 다 젖어 검은 브래지어가 블라우스 위로 도드라졌다. 나는 안으로 돌아갔다. 이 상황이 불쾌했다. 나는 마루 틈만 노려보았다. 알렉스는 간이부엌으로 가더니 회색 스웨터에 레깅스로 갈아입고 나왔다. 그녀는 자신이 내게 만족하고 있으며, 계속 이렇게 해주면 된다고 덧붙였다. 자신의 수강생을 대하는 듯한 태도였다. 내가 리포트를 제법 잘 써낸 학생인 양. 나는 앵거스 페어웰을 생각했다.

"내가 밝혀야 하는 범죄가 어떤 건지 언제 이야기해줄 거죠? 나는 이모가 하라는 대로 모든 걸 했어요. 매일매일 당신을 위해 거짓말을 하고 있어요. 클럽 애들은 내 친구들이고요."

알렉스는 창가에 선 채 아무 말도 하지 않았다.

"이런 거, 오래는 못 해요." 내가 선언했다.

나는 일어서서 외투를 입으려 했다. 하지만 알렉스가 내 손을 잡았다. 그녀의 힘이 너무 세서, 더 이상 발을 떼지 못했다. 나는 알렉스가 원하는 대로 모든 일을 할 것이다.

"한스, 이건 장난이 아니야. 클럽 애들이 네 친구라고 생각해? 왜? 그들이 네게 샴페인을 건네고, 널 차에 태워줘서? 개네들에게 동조하면 그들은 네게 시내에서 고액 연봉을 받는 일자리를 줄 거야. 맞아, 넌 클럽을 통해 모든 것을 척척 알아서 해주는 여자를 찾을 수 있겠지. 그것이 네 권리라고 생각할 거야. 네가 다른 사람들보다 잘났다고. 하지만 네가 그런 사람이야, 한스? 아냐, 넌 그렇지 않아. 이제 날 믿어. 아니면 조시 레반 같은 애를 믿을래?"

조시는 갈비뼈 세 대가 부러진 상태라 옥스퍼드와 시합을 뛸 수 있을지 불투명했다. 가슴 몇 군데도 시퍼렇게 멍이 들었다. 나는 대체 사람을 저 정도로 만들려면 얼마나 많은 분노가 필요할까 자문했다.

"거짓말 같은 거 이제 그만 하고 싶어요." 나는 그렇게 말한 뒤 알렉스를 뿌리치고 문 쪽으로 갔다. 발걸음 소리가 들리지도 않았는데 문 앞에서 돌아보니 그녀가 코앞에 서 있었다. 내 입 바로 앞에 그녀의 입이 있었다. 그녀의 입술이 바르르 떨렸다.

"넌 도망갈 수 없어." 알렉스가 말했다.

계단을 마구 달려 내려오던 나는 비틀거리며 간신히 난간을 부여잡았다. 내 신발 아래 작은 계단들에 빗물이 통통 튕겼다. 나보다 앞서 이 계단을 오갔던 젊은 남녀들을 생각했다. 지금껏 그런 생각을 하면 기분이 좋았다. 하지만 오늘은 그 생각이 섬뜩하게 다가왔다. 뜰에 나오니 얼굴에 비가 뿌렸다. 알렉스가 더 이상 따라오지 않아서 다행이었다. 예전에 기숙학교 교회 탑 안에 앉아 모험을 꿈꾸었지만, 나는 모험가가 아니었다.

칼리지의 문을 통과하기 전에 돌아서서 빗속으로 위를 올려다보았다. 알렉스가 사무실 창가에 선 채 나를 바라보고 있었다.

피터 윙

자명종 : 7시.

운동 : 윗몸일으키기 50개. 딥스 30초씩 2회.

마스터베이션 : 샤워 뒤.

아침 : 중국 교자와 인스턴트 국수.

오늘의 모토 : 무식이 최고의 약점이다.

오늘의 목표 : 피트 클럽의 나비넥타이 찾기. 최고가 되기.

킹스 퍼레이드 거리의 라이더 & 에이미Ryder & Amies 쇼윈도. 하늘색 블레이저를 입은 마네킹 아래 책 한 권이 놓여 있었다. 두께 약 30센티에다 지도책처럼 컸다. 라이더 & 에이미는 1864년부터 케임브리지 대학생들에게 가운과 숄을 파는 가게다. 쇼윈도에 놓인 책은 넥타이 자료집이었다. 각 장마다 열두 개의 실크 견본이 붙고, 그 옆에 해당 클럽의 이름이 적혀 있었다. 나는 셜록 홈즈를 본 이래 패션에 관심이 생겼다. 카운터에 직원이 서 있었다. 백인들의 나이를 잘 가늠하지 못하지만 족히 70세는 넘어 보였다. 키가 아주 크고, 앞머리가 코까지 내려와 있었다. 대머리를 가리기 위해 옆머리를 길러 빗어넘겼다. 양복은 꽤 낡은 듯했지만, 잘 어울렸다. 팔꿈치 부분은 패치로 덧댄 상태였다.

"안녕하세요. 쇼윈도에 놓인 게 어떤 책인지 여쭤봐도 될까요?" 내가 물었다.

"드디어 그걸 궁금해하는 학생이 나타났군요." 판매원이 반색하며 쇼윈도에서 책을 집어 유리로 된 카운터 위에 올려놓았다.

이 계절에는 도시에 여행자들이 별로 없었다. 오후의 햇살이 쇼윈도를 통해 비쳐들고, 가게는 텅 비어 있었다. 노인이 책을 펼치자 햇살 속에서 먼지가 풀풀 날렸다. 그는 책을 넘기면서 실크를 손으로 쓰다듬었다. 드링크 클럽과 그곳에서 특히 와일드하거나 영리했던 학생들, 조정 클럽의 대단했던 선수들 이야기를 그가 들려주었다.

클럽들은 무작위로 배열되어 있었다. 페이지는 누런 색

깔로 변색되고 너덜너덜해진 상태였다. 가슴이 쿵쾅거렸다. 나는 특정 패턴이 나타나기를 기다렸다. 며칠 전 피트 클럽 앞의 전나무로 올라가 누가 그 문을 드나드는지를 훔쳐보았다. 회원들은 모두 어두운 색깔로 된 나비넥타이를 매고 있었는데, 정확히 어떤 패턴인지 분간할 수 없었다. 하지만 이제 나는 그것을 단박에 알아보았다. 은색, 파란색, 검정색의 스트라이프. 그 옆에는 'P-Club'이라고 적혀 있었다. 나는 엄지손가락으로 실크를 쓰다듬으며, 다른 클럽들을 구경했다. 그런데 왼쪽 아래에 원단이 없는 곳이 눈에 띄었다. 그 옆에 '나비들'이라는 글자만 적혀 있었다.

"여긴 왜 비어 있어요?" 내가 물었다.

나이든 남자는 눈을 감고 책 쪽으로 몸을 구부렸다. 그러더니 눈을 내리깐 채 자기도 모른다고 했다. 어떤 클럽들은 자신이 여기서 일한 것보다 역사가 오래 되었다고.

이제 강의에 들어가야 했다. 게임이론과 시장모델에 관한 강의였다. 투자은행가가 되려면 꼭 필요한 강의. 나는 노인에게 손을 흔들며 몸을 굽혀 감사인사를 전하고 가게를 떠났다.

라이더

나는 주중에 매일 출근한다. 토요일도 쉬지 않는다. 여기서 경리업무를 본다. 일하지 않는 남자는 죽은 거나 다름없다는 게 내 지론이다. 사람은 주제파악을 할 줄 알아야 한다. 나는 영국이 예전 같지 않은 이유가 사람들이 자신의 본분을 잊었기 때문이라고 믿는다.

그 동양인 학생이 가고 난 후 나는 조금 더 오래 넥타이 견본 책을 들여다보았다. 40년쯤 지났을까? 하지만 어제 일처럼 똑똑히 기억한다. 당시 금발을 길게 기른 한 젊은이가 가게로 들어오더니 책을 좀 보자고 했다. 예의바르고 우아한 학생이었다. 자세도 곧았다. 청년이 그 페이지의 견본 원단을 떼더니 묻지도 않고 자신의 콤비 안주머니에 집어넣었다. 원단에 자수로 수놓은 노란 나비가 생생하게 기억난다. 그 젊은이의 미소도…. 청년은 미소를 지으며 20파운드짜리 지폐가 여러 장 담긴 봉투를 테이블 위에 놓고는, 이 클럽은 앞으로 비밀리에 활동하려 한다고 말했다. 그 순간, 내가 옛 영국을 마주하고 있음을 깨달았다. 동시에 나비란 것이 어떤 클럽인지, 왜 원단이 재킷주머니로 들어갔는지를 더 이상 알려 하지 않았다.

나 같은 인간들에게 어울리는 것들이 있었다. 예컨대 이 클럽은 거기에 속하지 않았다. 그러므로 그 클럽과 돈봉투를 잊어버리는 일이 나의 과제, 즉 자랑스러운 영국 노동자의 과제일 터였다. 잊는 게 가능하지 않다면 침묵해야 마땅했다.

한스

빈의 양복디자이너가 첼시의 페어웰 집에 왔다. 가르마를 탄 금발머리에 둥근 안경을 낀 오스트리아인이었다. 페어웰은 내가 모든 것을 알아서 고르도록 했다. 단, 주머니 크기에 대해서만 조언을 했다. 남자는 큰 주머니가 필요하다고 그는 말했다. 무엇을 넣게 될지 모른다면서.

샬로테 방 옆 서재 공간에 앉아 원단을 고르는 데 많은 시간을 보냈다. 이렇게 다양한 색감의 검정이 있는 줄 미처 몰랐다. 페어웰은 실은 모든 것이 회색일 뿐, 검정은 없다고 했다. 검정은 색이 아니라 환상일 뿐이라고. 나는 네이비 색이 감도는 검정으로 결정했다.

"네 머리 색깔과 같네." 샬로테가 말했다.

눈치 채지 못한 사이 샬로테가 들어와 내 뒤 테이블에

앉아 있었다. 샬로테 옆에 놓인 가죽트렁크가 보였다.

"서머싯에 가려고. 그곳은 초봄에 정말 경치가 좋거든. 서리 맞은 사과농장을 보여줄게. 재규어를 타고 가면 세 시간이면 도착할 거야."

앵거스 페어웰이 고개를 끄덕였다.

"갈래?" 샬로테가 물었다.

"네." 내가 대답했다.

샬로테는 천천히 운전을 했다. 벨기에 샹송이 흘러나왔다. 오래된 차였지만 음향기기는 최신식이었다. 나는 음악이 좋았다. 고속도로를 벗어나 서머싯 언덕이 어슴푸레 보이자 샬로테는 허스키하고 낮은 목소리로 노래를 부르기 시작했다. 너무 아름다워서 그녀를 쳐다볼 수가 없었다. 창밖에는 아직 칙칙한 초록 들판이 펼쳐지고, 나는 이렇게 마냥 달릴 수 있었으면 좋겠다고 생각했다.

샬로테는 길을 잘 아는 듯했다. 좌회전을 해서 벌거벗은 나무들이 죽 서 있는 길로 접어들었을 때 나는 우리의 목적지가 어디일까 자문했다. 길가 표지판에 '매너 하우스 Manor House'라고 적혀 있었지만, 처음 듣는 말이었다. 가로수 길은 어느 미술관으로 이어졌다. 19세기 귀족저택으로,

밝은 노랑 칠이 된 2층짜리 건물이었다. 전면의 창문들은 2열로 나고, 하얀 덧창이 달려 있었다. 박공지붕은 동판이었다. 양쪽에 탑 두 개가 보였다. 입구의 발코니 옆에 남자 키만한 성 미카엘 동상이 서 있었다. 한쪽 발로 사탄의 머리를 밟고는 검을 높이 빼든 모습이었다. 나는 미술관에 관심이 없었다. 샬로테의 전공이 미술사이기에, 속으로 이곳에 오래 머무르지는 않기를 바랐다. 그녀의 스웨덴 출신 남자친구가 그녀와 내가 함께 서머싯 미술관을 구경한다는 걸 알면 어떻게 생각할까? 이런 생각을 하니 약간 혼란스러웠다. 하지만 오늘 함께 차에 오른 이래, 내 가슴은 오랜만에 느끼는 감정으로 웅웅거렸다.

우리는 1층 홀을 통과해 벽에 걸린 그림을 구경했다. 샬로테는 붉은 머리의 통통한 여자 초상화 옆에 섰다.

"나랑 닮은 것 같아?" 그녀가 물었다.

나는 고개를 흔들었다. 위층으로 가는 계단 앞 차단봉 체인에 '통행금지'라고 적힌 표지판이 걸려 있었다. 샬로테는 차단봉을 무시하고 계단을 올라갔다. 나는 당황해서 주변을 둘러보았으나 아무도 보이지 않았다. 뒤따라 계단을 오르니 투명 라커 칠이 된 원목 문이 보였다. 샬로테가 주머니에서 열쇠를 꺼냈다.

"뭐 하는 거예요?" 내가 속삭였다.

샬로테가 문을 열고 내 손을 잡았다. 자연스런 몸짓이었다.

"아빠가 이야기하지 않았어? 이 집 아빠 거라고?"

샬로테는 무릎을 살짝 굽혀 들어가자는 몸짓을 한 뒤 방으로 걸어가 가구에 덮인 하얀 천을 걷어냈다. 바닥에서 천정까지 높이가 5미터에 이르는 방은 밝은 원목가구들로 채워졌다.

"사과나무야." 샬로테가 말했다.

침대에 매트리스는 없었다. 벽난로가 있었지만, 오랫동안 불을 피우지 않은 듯했다. 콘솔 책상 위에는 은 테두리를 한 사진액자들이 놓여 있었다. 그 중 하나에 부부와 금발머리 여자아이 모습이 담겨 있었다. 샬로테인 듯했다.

저녁에 우리는 마을로 2마일을 걸어갔다. 펍에서 샬로테는 크림을 올린 애플크럼블에 귀족저택 뒤쪽 사과나무 열매로 만든 사과주를 마셨다. 나는 우유를 넣지 않은 블랙티를 마시면서, 이 시즌이 지나면 복싱을 그만두기로 마음먹었다. 술집 주인은 어린시절 샬로테 이야기를 들려주었다. 사과를 수확하는 계절이면 샬로테가 게임보이를 손에 든 채 트랙터 운전석에 앉아 있었고, 나중에는 술통 마개

를 비틀어 신선한 사과주를 따라 마셨다고 했다. 샬로테는
그에게 팁을 두둑이 주었다.

귀족저택으로 돌아왔을 때는 밤이 깊어 있었다. 들판에
안개가 자욱했다. 샬로테는 혼자였다면 무서웠을 거라며,
한 팔을 내 외투 밑으로 넣어 허리를 감았다. 그러고는 내
가 너무 말랐다면서 "그레이하운드처럼."이라고 덧붙였다.
우리는 나란히 걸었다. 둘 다 생각에 잠겨서.

"네 이야기를 해줘 한스." 샬로테가 말했다.

그녀가 나를 한스라고 부르는 것이 좋았다. 복서들과 피
트 클럽 회원들은 나를 슈티힐러라고 불렀다. 길 끝에 선
귀족저택의 윤곽이 밤하늘에서 밝게 도드라졌다. 샬로테
와 나는 얼마나 다른가.

"내 부모님은 돌아가셨어요."

나는 그런 이야기를 하고 싶지 않았다. 왜 그 말을 꺼냈
는지도 알지 못했다. 나의 손가락이 외투주머니의 안감을
만졌다. 내가 대답하고 싶지 않은 것을 샬로테가 물어볼까
봐 겁이 났다. 하지만 그녀는 말없이 걷기만 했다. 허리에
감긴 그녀의 따뜻한 팔을 느끼며, 나는 그녀가 두른 팔을
풀지 않는 걸 고마워했다.

집은 난방이 되지 않았다. 샬로테는 재규어의 트렁크 칸

에서 오리털 침낭 두 개를 꺼냈다. 두툼한 침낭은 아니었다. 샬로테는 내 어깨에 키스를 하며 "잘자, 나의 작은 그레이하운드."라고 말하고는 문을 닫았다. 세수를 하는데 물이 아주 차가워서 손가락 끝이 아플 정도였다. 나는 침낭을 소파 위에 놓고는 발코니로 나갔다. 담배를 피운 적이 없는데도, 담배를 한 대 피우고 싶다는 생각이 들었다.

밤안개가 짙게 내린 사과농장을 한참 동안 바라다보았다. 하늘에는 별이 하나도 없었다. 아침의 기억들이 되살아났다. 앵거스 페어웰과 함께 원단을 보았었다. 그는 검은 색이 없다고 말했지만 나는 검은 색은 있다고, 빛의 완전한 부재가 검은 색이라고 생각했다.

늦은 밤, 발가벗은 몸으로 침낭에 누워 있는데 샬로테가 내 방으로 왔다. 잠옷을 입지 않은 채 종종걸음으로.

샬로테는 "너무 추워."라고 말하면서 내 침낭으로 쏙 들어왔다. 부드럽고 따뜻했다. 그녀는 나를 등지고 누웠다. 한동안 우리는 그렇게 누워 있었다.

"자, 꼬마야." 그녀가 말했다.

"왜 나를 꼬마라고 불러요?"

"나보다 작으니까."

내 가쁜 호흡에 그녀 목덜미의 머리카락이 흩날렸다. 너무 좁았다. 그리고 나는 발기가 되어 있었다. 그녀가 어떻게 생각할까?

"우리 하지 말아야겠죠." 내가 말했다.

왜 그런 말을 하는지 나도 몰랐다.

"네가 할 거라고 생각하는데."

그녀는 머리 뒷덜미와 엉덩이로 나에게 파고들었다. 벽에 걸린 시계를 올려다보니 바늘이 없었다. 샬로테는 크림 냄새를 풍기며 내 몸에 자기 몸을 천천히 부벼댔다. 내 이마가 그녀의 목에 닿았고, 내 얼굴에 그녀의 머리칼이 떨어졌다. 그녀는 내 손을 잡아서 자신의 골반뼈 위에 놓았다. 나는 그녀를 내 쪽으로 끌어당겼다.

"그렇게 조심스럽게 하지 마." 그녀가 말했다.

그녀는 폭포 같았다. 나는 들어가서 그녀 안에 머물러 있었다. 낯선 세계에. 그녀는 간혹 그야말로 주체적으로 행동했다. 앤티크 숍 판매원의 뺨에 키스했을 때도, 내게 나비넥타이를 매어주었을 때도, 나의 뒤통수를 쳤을 때도 그랬다. 그리고 오늘밤엔 발가벗고 내게로 왔다. 그러나 나로 하여금 그녀에게 이끌리도록 건 이런 강함이 아니었다. 나는 그녀의 아픔을 느꼈다. 그 아픔이 어디에서 오는지 모르지만 너무나 선명했고, 그것이 나를 끌어당겼다.

나는 약함으로 인해 우리가 서로 가까워졌다고 믿는다.

"무슨 생각해?" 그녀가 물었다.

"아무 생각도." 나는 그렇게 말하며 내 목에 닿은 그녀의 머리카락이 솜사탕처럼 몽글몽글하다고 생각했다.

"그런 것 같지 않은데."

"샬로테 머리가 솜사탕 같다는 생각."

"기분 좋게 들리네." 목소리에 웃음이 섞여 있었다.

나는 호흡을 그녀의 호흡 리듬에 맞추려고 애썼다.

잠시 후 샬로테가 자신의 엄마에 대해 이야기했다. 그녀의 입김이 구름처럼 하얗게 피어났다. 샬로테가 열다섯 살때, 근육운동을 조절하는 엄마의 신경세포가 작동을 멈추었다고 했다. 아빠는 독일과 보스턴에서 의사들을 불러왔다. 하지만 엄마의 병은 불치였다. 아무것도 할 수가 없다는 말에 아빠는 어느 의사의 따귀를 때렸다. 엄마는 그 병으로 말미암은 심정지로 세상을 떠났고, 아버지는 그 다음날로 회사에 다시 출근했다.

한 손을 샬로테의 배에 올린 나는, 다른 팔에 샬로테의 눈물이 떨어지는 것을 느꼈다. 순간 나도 내 가족 이야기를 꺼내야 하나 망설였다. 그러나 이 밤은 샬로테의 어머니에게 속해 있었다.

"누나가 있어서 기뻐요." 내가 말했다.

샬로테는 나의 팔꿈치를 베고 잠들었다. 부모님이 돌아가신 뒤 나는 더 이상 누군가를 사랑할 수 없을 거라고 여겼다. 상실에 대한 두려움이 너무 컸다. 내 마음은 차디차게 식었다. 하지만 지금, 이 여자가 내 팔 안에 누워 있었다. 날이 밝기를 기다렸다. 잠에서 깨어났을 때, 샬로테는 케임브리지로 돌아가고 싶지 않다고 말했다. 나는 내가 할 일과 4주 뒤에 있을 복싱시합을 생각하며 입을 다물었다.

샬로테는 얼음같이 차가운 물로 샤워를 했다. 욕실 문을 열어놓은 채, 유리를 통해 가끔 내가 자신을 쳐다보는지 힐끔거렸다. 그녀 왼쪽 가슴에 작은 흉터가 있었다. 샬로테가 수건으로 몸을 닦을 때 나는 그 흉터를 쓰다듬었다. 그녀는 어릴 적 토끼가 귀여워서 우리에서 토끼 한 마리를 안아올렸는데, 그 토끼가 다리를 버둥거리다 거기를 할퀴었다고 말했다. 깊은 상처는 아니었는데 흉터가 남았다고.

"내가 뚱뚱해 보여?" 그녀가 물었다.

"아뇨."

"너 몇 살이지?"

"열아홉."

"나한테는 너무 어리다, 그레이하운드."

"어째서요?"

그녀는 손으로 내 머리를 감싸고는 내게 키스했다.

"언젠가 나를 역겨워할 수도 있다고 생각해?"

그녀는 나를 쳐다보았다. 눈 깜짝할 사이에 어둠이 다시 찾아왔다.

"아뇨." 나는 그렇게 말하며 그녀의 배에 키스를 했다.

"피트 클럽에서 무슨 일이 일어나는 거죠?"

"오늘 말고 다른 날 이야기해." 그녀는 그렇게 말하고는 시선을 돌렸다.

마을로 가서 아침으로 부추를 넣은 오믈렛을 먹고는 자동차에 올랐다. 샬로테는 지역 표지판 앞에서 좌회전을 하더니 차에 내려 사과나무를 감싸안았다. 그러고는 거친 나무껍질에 뺨을 댄 채 오랫동안 서 있었다. 그녀가 녹초가 되어버린 느낌이었다.

얼마 뒤 그녀는 자동차에 올라탔고, 우리는 서둘러 런던으로 돌아갔다.

샬로테

내 엄마는 아빠와 달랐다. 그녀는 제 손으로 벌지 않은 돈
은 아이의 영혼에 독이 될 수 있다고 믿었다. 그래서 내가
열네 살이 되었을 때, 신문 돌리는 일을 주선해주었다. 내
가 부탁하지 않았는데도. 사실은 하루 종일 말이나 타고,
레몬타르트나 먹기를 원했는데도 말이다.

　정확히 말하자면 신문을 돌린 것이 아니라 크레올 레스
토랑 광고지를 돌렸다. 내 보모의 오빠가 경영하는 식당
이었다. 첼시에는 검정콩을 좋아하는 사람들이 거의 없었
으므로 나는 일주일에 한 번 런던 동쪽 지역에 가서 전단
지를 돌렸다. 그곳은 아직 힙스터들이 거주하기 전이었다.
전단지 한 장당 3페니를 받았다. 처음 동쪽 지역으로 갈 때
는 가슴이 두근거렸다. 하지만 며칠이 지나자 아무렇지도

않았다. 일이 끝난 뒤 뚱뚱한 흑인 여자들과 더불어 레스토랑의 부엌에 앉아 무엇이든 주는 대로 먹으며 레게음악을 듣고, 닭 날개에서 작은 털을 뽑아냈다. 여자들은 닭 날개를 부글부글 끓는 기름 속으로 집어넣었다.

열여섯이 되었을 때 나는 굉장히 많은 닭들의 털을 뽑았고, 레스토랑 주인의 아들과 잠을 잤으며, 인생이 나에게 레몬타르트 이상의 것을 제공해줄 수 있음을 배웠다. 첼시의 백인들 낯짝이 지루해지기 시작했다. 고등학교를 마친 뒤 자메이카의 농장에 가서 사탕수수를 베고 싶었다. 그런 뒤 런던으로 돌아와 대학을 마치고 런던 동쪽에서 살고 싶었다. 젊고, 출신이 중요하지 않다고 믿을 때나 할 수 있는 생각이다.

얼마 후 엄마가 세상을 떠났다. 병의 막바지에 이르렀을 무렵, 엄마는 팔다리를 움직일 수 없었다. 죽기 몇 주 전 아직 말을 할 수 있던 때, 엄마는 밤마다 나를 침대가로 불렀다. 나에게 자신은 평생 행복했으며, 내가 아빠를 돌봐주겠다고 약속하면 편안히 죽을 수 있다고 말했다. 아빠는 완전히 혼자라면서. 그 말을 듣는 내내 나는 울었고, 침대 맡에 앉아 밤을 지새웠다. 엄마를 죽게 내버려두고 싶지 않았다. 하지만 다음날 아침 나는 엄마에게 아빠를 돌봐주겠다고 약속했고, 7주 뒤 그녀는 숨을 거두었다.

엄마가 세상을 떠난 뒤 아빠는 말수가 확 줄어들었다. 케임브리지 대학교에 입학하는 것과 관련한 주제 외에는 나와 별다른 이야기도 하지 않았다. 그는 내게 학년 말에 있는 성대한 무도회 이야기를 해주며, 그곳에서 나와 함께 춤을 추고 싶다고 했다

나는 다시금 아빠를 행복하게 해주고 싶어서 케임브리지에 지원했다. 합격 발표가 났을 때, 생전 처음으로 아빠가 우는 모습을 보았다.

나는 속물들을 피해 평범하고 주체적인 삶을 살겠다고 결심했다.

한스

케임브리지에서 나는 며칠 간 도서관에 틀어박혔다. 하지만 집중할 수가 없었다. 계속 핸드폰을 보며 샬로테의 메시지를 기다렸다. 그러다가 복서들과 함께 훈련캠프를 떠났다. 주말에 트레이너들이 우리를 버스에 태워 도심에서 30분 떨어진 훈련센터로 데려갔다. 작년 10월에 복싱 클럽에 등록한 200명 중 열일곱 명밖에 남지 않은 상태였다.

우리는 텅 빈 체육관에서 줄넘기를 했다. 헌팅캡을 쓴 트레이너가 우리 사이로 지나다녔다. 일년 전만 해도 감옥 신세를 지던 인물이었다. 돌아다니다 간혹 스틸 와이어로프 줄넘기에 강하게 몸을 맞기도 했지만, 그는 개의치 않았다. 모두들 그를 프리스트라고 불렀다. 나는 처음에 사제라는 의미로 그렇게 부르는 줄 알았다. 하지만 그 뒤 누군가가 프리스트는 낚시를 할 때 물고기를 죽이는 금속부품을 뜻한다고 알려주었다. 프리스트는 강도죄로 말미암아 3년 간 화이트모어 교도소에 수감되었고, 출소한 이래 수석트레이너를 보조해 복서들을 훈련시키고 있다고 했다.

옥스퍼드와의 시합은 3주 뒤였다. "20일 남았다!" 프리스트는 외쳤다. 줄넘기들이 왱왱거리며 돌아갔다. 다음 주 초에 아홉 명의 복서로 구성된 선수 명단이 발표된다. 나는 내 앞 콘크리트 바닥에 떨어지는 땀방울을 세었다. 옆에서 얼굴을 찡그리며 줄넘기를 하던 조시는 내가 쳐다보자 윙크를 했다. 나는 조시가 시합에 나가게 될 것임을 알았다. 갈비뼈 세 대가 부러졌는데도 그는 잘했다.

라이트급에서 뽑힐 것이 확실한 또 한 명은 미국 낙하산병 출신 마이클 포스터. 마이클은 줄넘기가 다른 애들보다 족히 두 배는 빨랐다. 모두가 그를 매직 마이크라고 불렀다. 빌리가 할리우드 영화 '매직 마이크'에서 착안해 지은 별명이었다. 주인공인 스트리퍼의 이름이 매직 마이크였던 것이다. 나는 빌리가 포스터에 대한 비호감으로 그 별명을 지어줬다는 걸 잘 알았다. 매직 마이크는 독실한 침례교도로 매일매일 교회에 나갔다. 기혼이었고, 춤은 추지 않았다. 춤이 쾌락의 상징으로 하느님의 마음에 들지 않을 거라고 믿기 때문이었다.

빌리는 힘겹게 줄넘기를 했다. 나는 빌리가 선수단에 들기를 바랐다. 빌리와 같은 헤비급에 속한 다른 복서는 잠비아의 왕자였다. 복싱 실력이 뛰어나지 않지만, 180킬로그램짜리 역기를 들어올리고, 제자리에서 높이뛰기를 1미터 넘게 뛰었다.

프리스트 옆에 유니폼을 입은 건장한 체구의 남자가 서 있었다. 그가 신은 부츠의 코가 반짝였다. 체구에 비해 머리가 굉장히 컸다. 그 남자는 다리를 벌린 채 손으로 뒷짐을 지고 있다가 이렇게 외쳤다. "줄넘기 그만!" 목소리가 프리스트보다 더 컸다. 구레나룻을 기르고, 뒷목을 아주 깨끗하게 면도해서 군데군데 피부 각질층이 다 벗겨나간 상태였다. 유니폼은 가슴 부분이 꽉 조여서 속옷이 가늠될 정도였다. 가슴에 단 훈장이 그가 아프가니스탄과 이라크 전투에 참전하고 왔음을 알려주었다. 나는 그의 손이 가볍게 떨리는 것을 보았다. 뒷짐질 때든 움직일 때든 연신 떨렸다. 그는 깊이 숨을 들이쉬었다.

"복서들, 나는 로열에어포스(영국왕립공군) 출신 중령 빅터 스프랫이다. 그냥 중령이라고 부르면 된다. 오늘 훈련은 내가 지도하겠다. 우리는 로열에어포스 장애물 훈련을 하려 한다. 빡센 훈련이 될 것이다. 고통스러울 것이다. 하지만 개의치 말라. 20일 후 옥스퍼드에 맞서 링에 올라가는 마당에 고통은 중요치 않다. 너희는 남은 인생 동안 두고두고 이 시합을 생각하게 될 것이다. 죽을 때 내가 그 시합에서 최선을 다했다고 말하고 싶을 것이다. 자, 제군들 가까이 오라. 너희는 이 시합을 기다려왔다. 나는 여기 있는 그 누구보다 험한 시간을 보냈다. 너희들에게 말하건대, 아프가니스탄에서는 모두 영어를 알아듣지 못한다. 하지만 먹이사슬은 모두가 이해한다. 이제 너희에겐 맹수가 될 것이냐 먹잇감이 될 것이냐를 결정해야 하는 날이 다가왔다. 중세 기사들처럼 링 위에 올라야 한다는 말이 아니다. 너희들은 조용히 그곳에 들어가 최고로 거친 야수가 될 것이다. 내 말 알아듣겠나!?"

"옙, 썰!" 매직 마이크가 부르짖었다.

핏줄이 불거져 맥동하는 중령의 목을 보며, 나는 세상을 떠나는 날 복싱시합 따위는 떠올리지 않기를 바랐다.

우리는 가시철조망 밑을 포복하고, 로프를 오르고, 담을 탔다. 병영 밖 습지 위로 태양이 비추었다. 맑은 날이었다. 내 생각은 샬로테와 서머싯의 오래된 저택에 머물렀다. 중령은 내 옆을 왔다갔다 하며 외쳐댔다.

나는 다른 건 다 잘했다. 다만 키가 작다보니 담 넘기는 쉽지 않았다. 빌리는 매번 손을 내밀어 나를 위로 끌어올렸다. 빌리는 안 좋아 보였다. 이런 훈련을 하기에는 체중이 너무 많이 나갔다. 숨을 쉴 때마다 그의 허파에서 휘파람 소리가 났다. 잠비아의 왕자는 담을 가뿐하게 뛰어넘었다. 그 옆에 선 중령이 감탄해서 소리를 내지르는 바람에 입에서 침이 튀었다. 세 시간 뒤 빌리는 발목을 비틀면서 진흙탕에 누워버렸다. 중령은 몸을 굽히고 빌리의 얼굴을 들여다보며 소리를 질렀다. "일어나, 뚱보. 여기서 넌 네 대학처럼 모든 걸 제쳐버릴 수 없어. 이 자식아."

빌리는 굉장히 가난한 듯했다. 그는 칼리지의 지붕 아랫방에 살았고, 늘 같은 청바지를 입었으며, 저녁마다 감자튀김에 빵을 먹었다. 가격이 1파운드밖에 안 되기 때문이었다. 한 번은 날더러 10파운드만 빌려달라고 했다. 트레이닝 뒤 우리가 종종 마시는 찻값을 지불하기 위해서였다.

중령은 이제 광낸 부츠발로 빌리의 옆구리를 찼다. "움직여, 이놈아. 그렇지 않으면 죽어." 빌리는 쥐 죽은 듯 바닥에 등을 대고 누워 있었다. 중령은 그에게 몸을 구부려 귀에 뭐라고 소근댔다. 한순간 나는 중령이 빌리에게 침을 뱉은 줄 알았다. 빌리의 라이트스트레이트가 중령의 턱을

강타했기 때문이다. 중령은 앞으로 고꾸라져서 얼굴을 바닥에 찧었다. 훈장이 진흙범벅이 되었다.

"밤Bam." 조시가 낮은 목소리로 탄성을 질렀다.

저녁에 빌리는 떠났다. 나는 그를 병영 문까지 배웅했다. 빌리는 울었다.

"프리스트는 내가 남기를 바랐어. 하지만 제길, 중령이 내가 가지 않으면 감옥에 처넣어 버리겠대. 장교를 쳤다고. 나는 아웃이야, 한스. 나를 시합에 내보낼 리 없어."

나는 빌리의 어깨에 손을 올렸다.

"라이트 스트레이트, 멋졌어."

"근데 중령이 내 귀에 대고 뭐라고 속삭였는지 알아?"

빌리가 묻자 나는 고개를 저었다.

빌리는 딸꾹질을 했다.

"너 같은 놈이 가장 먼저 죽어, 이 부자 호모야."

나는 빌리를 안아주었다. 그도 나를 꽉 안았다. 그의 가슴이 딸꾹질로 들렸다 내렸다 하는 게 느껴졌다. 10월에 등록한 200명 중 이제 열여섯 명이 남았다.

피터 윙

자명종 : 7시.

운동 : 윗몸일으키기 50회. 팔굽히고 버티기 30초씩 2회. 무릎 굽히기 40회.

마스터베이션 : 침대에서 한 번. 샤워기 아래서 한 번.

아침식사 : 중국 교자를 곁들인 인스턴트 국수

오늘의 모토 : 잡은 기회는 배가 된다.

오늘의 목표 : 아도니안들을 견디어내기. 피트 클럽과 연결되기. 최고가 되기.

    하얀 마분지에 손글씨로 쓰인 아도니안 클럽 초대장이 내 책상에 놓여 있다. 나를 초대 리스트에 올려주는 대가로 어느 학생에게 500파운드를 지불했다. 턱시도를 입고 분홍색 나비넥타이를 매면서 계속 초대장을 바라다보았다. 분홍. 어울린다고 생각했다.

어떤 일이 나를 기다릴까? 아도니안 클럽은 잘생기고 부자인 동성애 남자들로 구성된 클럽이라는 것밖에 알지 못했다. 하지만 피트 클럽 재단의 의장인 수학과 교수도 아도니안 클럽 모임에 올 거라고 확신한다. 화려한 포켓치프를 좋아하는 그는, 남자와 결혼한 동성애자였다.

초대장을 보면 저녁은 샴페인으로 시작해 19시 30분에 식사가 있을 거라고 했다. 나는 파티가 열리는 가든 홀에 19시 28분에 입장했다. 관심을 유발하기 위해서이기도 했지만, 그 외에 나는 술이 잘 받는 편이 아니므로 수프가 나올 때 이미 취한 상태가 되고 싶지 않았다. 홀에는 촛불이 은은하게 켜지고 흰색 테이블보가 깔려 있었다. 향나무 냄새가 났다. 나는 이 공간의 유일한 아시아계인 데다, 분홍색 나비넥타이를 매고 온 사람도 나밖에 없었다.

내 왼쪽에 앉은 남학생은 반짝이는 커프스단추가 달린 턱시도 차림이었다. 단추들이 아주 무시무시해 보였다.

"아름다운 단추네요." 내가 말을 걸었다.

그는 스스로를 길리라고 소개하면서, 이 커프스단추들은 본래 여성을 위한 다이아몬드 귀걸이로 제작된 것인데,

런던에서 보석상을 운영하는 인도 출신 보석세공사에게 의뢰해 다시 세공을 했노라고 알려주었다. 우리는 양복디자이너에 대해 조금 이야기를 했다. 길리가 손을 내 무릎에 올렸을 때 빵 접시로 그의 앞니를 갈겨주고 싶었다. 하지만 일단은 견디어냈다.

우리는 미지근한 시금치 수프에, 염장 비둘기고기, 콩을 곁들인 양고기로 식사를 한 뒤 디저트로 딸기, 머랭, 생크림을 올린 이튼 메스(영국의 전통 디저트. 컵이나 접시에 생크림, 계절 과일, 머랭 등을 층층이 쌓아 먹는다)를 먹었다. 하지만 이미 취해 있었기에 디저트는 거의 기억나지 않는다. 홀 저편에 수학 교수가 앉아 있었다.

홀 서버가 포트와인을 서빙할 무렵, 은빛 머리의 한 남자가 일어서더니 연설을 시작했다. 영국 사람들만 이해하는 비유가 등장했으므로, 나는 적절한 지점에서 웃으려 노력했다. 연설의 마지막에 이 은빛 머리 신사는 이제 위로 올라가서 바르돌리노를 더 마시든지, 아니면 칼리지 가든으로 나가 천왕성을 찾아보라고 말했다. 그러자 모두가 웃음을 터뜨렸다. 나도 따라 웃었지만 다른 사람들이 정말로 그렇게 하는지, 아니면 그냥 웃자고 한 말인지 궁금해졌다.

잠시 후 나는 수학 교수가 정원으로 이어지는 문으로 나가는 것을 보았다.

베이징에서 시험공부를 할 때 외워두었던 클라우제비츠의 문장을 생각했다. *군인을 징집하여 옷을 입히고 무기를 주고 훈련을 시킨다. 군인은 잠자고, 먹고 마시고, 행군한다. 모든 것이 오로지 적절한 장소에서 적절한 시기에 전투를 하기 위함이다.* 나는 이 문장에 매료되어 클라우제비츠의 전작품을 인터넷으로 검색했고, 몇몇 패시지를 암기했다. 걸리는 건 단 하나, 그의 죽음이었다. 아주 유약한 퇴장이었다. 그는 썩은 프라하 햄 조각을 먹고 콜레라에 걸렸다. 일주일 뒤 브레슬라우 간이화장실에서 탈수 증세로 쓰러져 죽음을 맞았다. 그것만 빼고는 나 피터 웡과 카를 폰 클라우제비츠 사이엔 많은 공통점이 있다는 느낌이 들었다. 나는 정원으로 나갔다.

참나무 발치에 교수가 기대어 있고, 한 젊은이가 그의 페니스를 빨고 있었다.

"교수님, 피트 클럽에 저를 추천해주셨으면 합니다."

교수는 나를 발끝에서 머리끝까지 훑어보더니 미소를 지었다. 다른 학생이 내게 노란색 작은 병을 내밀었다.

"깊이 들이마셔."

교수가 말했다.

나는 흡입했고 잘하고 있다고 확신했다. 위의 클라우제비츠 문장을 끊임없이 되새겼다. 아주 영리해진 기분이었다. 그날까지 나는 동성애자가 아니었다. 앞으로도 나를 동성애자라고 말하는 놈이 있다면 그냥 놔두지 않을 것이다. 나는 동성애를 즐기지 않았다. 하지만 지금 이 순간, 내가 올바로 행동하고 있음을 알았다.

전쟁은 결코 고립된 행위가 아니다.

샬로테

발레타이즈를 신었다. 춤추어 본 지도 꽤 오래되었다. 그래도 스페인 출신 발레선생님이 기억에 생생하다. 아빠는 나와 세 친구를 위해 일주일에 한 번 우리 집으로 선생님을 불렀다. 당시 나는 다른 여자애들처럼 일반 발레교습소에 다니면서 남자애들하고 춤을 추고 싶었다. 하지만 아빠는 넌 다른 여자애들이랑 다르다고 말했다. 친구들과 함께하는 수업은 장점이 있었다. 남자 스텝으로 춤을 추고 리드하는 것을 배웠으니까.

나는 한스의 방 앞 가장 높은 계단에 앉아 있었다. 춥지 않게 외투로 다리를 감쌌다. 기다리면서 서머싯으로 갔던 소풍을 떠올렸다. 한스는 그 누구와도 달랐다. 그래서 그가 좋은 것 같다. 그는 이제 만 열아홉이었다. 조용하고,

유머도 없고, 키도 너무 작고, 수줍어한다. 하지만 그는 내게 거의 잊고 있던 느낌을 일깨워준다. 내 옆에 있는데도 그가 멀리 어디론가 떠나버린 순간들이 있었다. 대부분 그는 절반만 이곳에 머물렀다. 나는 그에게로 갔다. 가고 싶었기 때문에. 처음에는 감정과 무관하다고 생각했다. 그러나 그의 손이 내 위에 놓였을 때, 아주 오랜만에 처음으로 나는 안정감을 얻었다. 그와 동시에 한스와 나는 결코 행복해질 수 없으리라는 생각도 들었다.

다음날 마그누스에게 전화를 걸어 킹스크로스에 있는 스타벅스에서 만났다. 그를 사랑하지 않는다고 말했다. 마그누스는 울지 않았다. 금발이 잘 어울리는 그는 프라푸치노를 마시며 유감이라고 대꾸했다.

한스가 계단을 올라왔다. 머리끝까지 땀으로 젖어 있었다. 그러나 이번에는 피를 흘리지 않았다. 내 입에서 안도의 한숨이 새어나왔다.

그가 복싱 트레이닝을 마치고 올 때마다 나는 그의 코가 부러졌을까 봐 겁이 났다. 세게 얻어맞고 와서도 그는 얼굴에 얼음을 올리고는 미소를 지었다. 한스는 그런 사람이었다. 그런 점이 나는 이해가지 않았다.

한스를 보자 마치 연기를 들이마신 것처럼 폐가 근질거렸다. 나는 그에게 입을 맞추었다. 소금 맛이 났고, 피부의 열기가 느껴졌다.

"한스, 안녕. 춤 배우지 않을래?"

"안녕, 샬로테 페어웰." 한스가 인사했다. 나는 그의 액센트가 좋았다.

그는 샤워를 한 뒤 선수단복을 입었다. 등에 *케임브리지 복싱*이라는 글씨가 옥색으로 프린트되어 있었다. 그가 얼마나 자랑스러워 하는지 알 수 있었다. 선수로 뽑힌 것이다. 아빠도 낡고 빛바랜 복싱 선수단복을 자주 입었다. 두 번인가 소맷동을 갈았다.

나는 한스의 손을 잡았다. 손바닥이 축축했다. 다른 남자라면 축축한 손바닥이 싫었을 것이다. 우리는 내 방으로 가서 테이블과 의자들을 옆으로 밀어놓고는 방의 한가운데에 섰다. 나는 그의 오른손을 잡아 내 어깨 위에 올렸다. 운동재킷의 폴리에스터 아래로 그의 어깨가 느껴졌다. 나무 같았다.

"리듬이 들려?" 내가 물었다.

한스가 고개를 끄덕였다. 나는 많은 설명을 하지 않고 그저 춤을 추었다. 가볍게, 단순하고 느린 탱고를 추었다.

한스는 스텝을 작게 밟았는데 생각보다 훨씬 잘했다. 하얀 양말을 신고 춤을 추는 그는, 자신이 여성의 스텝을 밟고 내가 남자 스텝을 밟는다는 사실을 알지 못할 것이다. 그의 축축한 손바닥을 잡고, 나는 그의 눈을 올려다보았다. 몇 분 뒤 그가 멈춰 서서 나를 바라다보았다.

"그들이 어떻게 했죠?" 한스가 물었다.

나는 한스의 손을 놓고 테이블 앞에 앉았다. 그가 내 옆에 앉아 테이블 상판을 바라보았다.

이야기를 듣고 나면 그는 나를 이전과 같은 시선으로 보지 못할 것이다.

작은 방 책상 위에 나비 직인이 찍힌 편지봉투가 의사소견서와 함께 놓였다. 나는 둘 다 꺼내놓았다.

마치 남의 이야기인 양, 그에게 모든 것을 털어놓았다. 그 편이 더 쉬웠다. 한스는 의사소견서를 읽으며 연신 고개를 끄덕였다.

"난 피해자가 아니야." 내가 말했다.

한스는 내 말을 듣지 못한 듯 고개를 가볍게 끄덕거렸다. 그가 편지봉투에서 카드를 꺼내 한참 동안 바라보았다.

"멋진 필체군." 그가 중얼거렸다.

"이제 내가 더럽게 생각돼?"

그는 나의 손끝에 키스를 하며 고개를 저었다.

"누나는 이곳에서 최고예요."

나를 위로하려고 그런 말을 한다는 걸 잘 알았다.

"대부분의 여자들은 그런 일이 있은 뒤 죄책감 비슷한 걸 느낀다고 하던데." 한스가 말했다.

"왜 내가 죄책감을 느껴야 하지?"

"그런 뜻이 아니었어요. 미안해요."

내 뺨에 눈물이 흘러내렸다.

"그런다고 뭐가 달라질까?" 내가 물었다.

"아무것도."

"멍청이. 모든 게 달라져."

한스는 적절한 단어를 찾으려 애썼지만 찾지 못하는 듯했다. 외국어로 이런 대화를 하는 게 쉽지 않은 일 같았다. 나는 그의 뺨에 손을 가져다 댔다.

"네게 여자 스텝을 가르쳐줬어."

"알아요." 그가 대답했다.

"넌 몰라, 한스. 넌 탱고를 거꾸로 추었다고."

그는 알고 있었다. 그의 눈이 그렇게 말하고 있었다.

샬로테

모든 것이 변한 그날 아침. 나는 열아홉이고, 1학년 말이었다. 나는 그날 승마를 하려고 일찍 일어났다. 내 우편함에 묵직한 봉투가 들어 있었다. 발신인의 이름은 적히지 않았다. 봉투를 돌려보니 뒷면에 나비 모양 노란 밀랍인장이 찍혀 있었다.

　나는 인장이 상하지 않게 새끼손가락을 봉투 덮개 밑으로 밀어넣어 카드를 꺼냈다. 카드에는 파란 잉크에 올록볼록한 글씨체로 이렇게 쓰여 있었다.

　샬로테 페어웰. 우리는 당신을 기다립니다. 오늘은 당신의 밤입니다.

나는 그 문장을 읽으며 웃었다. 당시 나는 남자친구가 생기기를 바라고 있었다. 편지는 한 남자가 쓴 것 같은 느낌을 주었다. 최소한 필체는 그렇게 보였다. 착각인지 모르겠지만. 저녁에 나는 피트 클럽의 파티에 초대받은 상태였다. 여름방학 전에 마지막으로 갈 수 있는 커다란 파티였으므로 친구 하나가 같이 가겠다고 막무가내로 졸라대는 바람에 그녀와 같이 갈 예정이었다. 카드는 그 파티와 연관이 있다고 생각했다.

저녁에 나는 검은 원피스를 입고 발레타이즈를 신었다. 발레타이즈가 보통 스타킹보다 튼튼하면서도 다리를 예쁘게 만들어주기 때문이었다. 친구가 내 방에 왔고, 우리는 보드카에 크랜베리 주스와 얼음을 넣어 마시며, 나비 인장 카드를 누가 썼을까 궁금해 했다.

친구는 여름에 몰디브에서 휴가를 보낸 뒤에 〈보그〉에서 실습을 할 거라고 이야기했다. 우리는 반병을 함께 마시며, 얼음덩어리들이 컵 가장자리에 부딪혀 딸그랑거리는 소리를 들었다.

작은 포석이 깔린 내 방 창 앞 예배당 뜰에 달빛이 드리워졌다. 기대 없이 대학생활을 시작했지만 이제 부쩍 이곳에서 공부할 수 있다는 것에 행복감을 느꼈다. 때로 여행객 중 한 사람과 부둥켜안고 싶을 정도였다. 따뜻한 밤이었다. 공기는 8월의 그것처럼 부드러웠다.

"이 모든 것을 허락해준 우주에 감사를." 내가 말했다.

"그래. 렛츠 고!" 친구가 잔을 부딪쳤다.

다음날 아침 나는 칼리지 뒤편 들판에서 깨어났다. 나는 부랑자처럼 그곳에 누워 있었고, 아무 기억도 나지 않았다. 일어나 앉았을 때 피를 보았다. 발레 팬티스타킹이 무릎 부분까지 피로 흥건히 젖어 있었다.

샬로테

4년 전의 그 아침.

나는 손가락으로 풀을 움켜쥐며 눈을 감았다. 풀밭이 빙빙 도는 게 그치기를 바랐다. 몇 분 뒤 나는 후들거리는 무릎을 가누며 일어나 칼리지의 수위에게로 가서, 여분의 내 방 열쇠를 달라고 부탁했다. 수위는 나의 찢어진 원피스를 보더니 마치 창녀 취급하듯 나를 보았다.

내 방에 들어가 욕실 변기에 토했다. 입을 닦은 뒤 손으로 세면대 위를 짚었다. 차가운 타일바닥에 누워 그 밤을 기억하려고 애썼다. 열린 문 사이로 침실 창틀에 포도주잔 두 개가 놓인 게 보였다. 어제 보드카를 마신 잔이었다. 그러나 알코올이 나를 이렇듯 인사불성으로 만들 수는 없었다. 나의 기억은 클럽까지 이어진 후 끊겼다. 하체가 내

부로부터 새까맣게 타버린 느낌이 들었다.

나는 구글에 검색어를 쳤다. *케임브리지 성폭행.* 세 번째 검색결과는 www.cambridgerapecrisis.org.uk.라는 사이트로 연결되었다. 그 사이트에 이렇게 쓰여 있었다. *위험에 처했거나 쇼크를 받은 경우 몸을 따뜻하게 하고, 물을 많이 마시세요.* 나는 히터에서 수건을 가져와 얼굴 위에 덮었다. 수위가 내 비명을 듣지 못하기를 바랐다.

성폭행 피해자는 곧장 경찰에 신고해야 한다고 쓰여 있었다. *아무것도 먹지 말고, 담배를 피우지 말고, 씻지 말고, 옷을 갈아입거나 화장실에 가지 말고, 범행 장소를 치우지도 말아야 합니다. 우선 병원이 아니라 경찰로 가십시오.* 경찰이 피터버러 병원 법의학과와 접촉하고, 조사를 진행할 것이며, 성폭행의 모든 흔적을 기록할 것이라고 되어 있었다. 피해자는 고소를 해야 한다고 했다.

피해자. 그게 나였다.

나는 타일 위에 이마를 대고 예전에 봤던 다큐멘터리를 떠올렸다. 성폭행을 당한 뒤 임신한 르완다 여성들에 관한 다큐멘터리다. 아이 속의 원수인가 뭐가 하는 제목이었다. 여자들은 자신들이 방어하지 못했으므로, 자신들의 태도가 범행을 자극한 게 아닐까, 죄책감을 느꼈다.

상대 피부의 미세한 잔존물(?)이 내 손톱 아래 아직 남아 있을 거라는 생각이 들었다. 나는 한 가지 생각을 부여잡았다. 절대로 피해자가 되지 않을 거야.

콜택시 회사의 전화번호는 외우고 있었다. 나는 병원에 가서 우선 HIV 감염 예방약과 사후 피임약을 복용할 것이다. 그 모든 것을 혼자서 할 것이다. 나에게는 경찰이 아니라 의사가 필요했다. 뭔가가 이상했다. 피가 멎지 않았다.

빌리

오늘 저녁 낯설지만 좋은 냄새가 났다. 간장소스와 식은 튀김기름 냄새, 땀, 맥주, 연기, 피냄새가 골고루 섞인….

나는 런던 해크니 지역의 '싱싱'이라는 중국레스토랑 주방에 앉아 있었다. 입에서 피가 났다. 정확히 어디서 피가 나오는지 알 수 없었다. 식당 홀에서 막 나의 첫 시합을 마친 참이었다. 식당 테이블을 옆으로 밀고, 한가운데 링을 만들어놓은 장소였다. 주방은 탈의실로 이용되었다.

한 친구가 내게 이런 시합들이 있다고 귀띔해주었다. 밤에 이루어지며, 의사가 상주하지 않고, 공식적인 체급도 없었다. 한마디로 불법 시합이었다. 친구가 알려준 이메일 주소로 메일을 몇 통 보내고 나서 트렌치코트를 입고 땅콩버터 냄새를 풍기는 남자를 만났다. 만남은 런던의 한 카페에서 이루어졌다. 그 남자는 보험 판매원처럼 보였다. 그러나 말을 하는 폼새는 보험 판매원 같지 않았다. 시합은 창고나 식당에서 열린다고 했다. 여름에는 뒤뜰에서 이루어지고, 때로는 개인 집에서도 치러진다고. 관객과 복서들에게는 시합 직전 문자로 장소와 시간을 알려준다고 했다. 모든 내용이 믿든 말든 상관없다는 투로 들렸다. 이성적인 일이 아니라는 건 잘 알았다. 하지만 복싱을 하지 않는 복서를 복서라고 할 수 있을까?

그것은 알코올 없는 맥주 혹은 카페인 없는 커피쯤일 것이다. 나는 그렇게 되고 싶지 않았다. 나는 오랫동안 내가 원하지 않는 게 무엇인지에 집중해왔다. 그러나 이 저녁, 내가 원하는 게 무언지를 나는 알았다.

나의 적수는 경력자였다. 120킬로그램은 너끈히 되는 그는 스스로를 '빵집 주인'이라 불렀다. 바보같이 들리겠지만 그의 실물을 보면 장난이 아니라는 걸 직감할 수 있었다.

시합은 6라운드로 진행되었다. 내가 질 거라는 사실을 알았다. 하지만 일년 내내 트레이닝을 했으니 한 번은 실전을 하고 싶었다. 링에 오르면 실루엣만 보일 뿐 얼굴은 보이지 않는다. 라운드를 넘기고 보자는 생각뿐이었다. 첫줄에 앉은 비키니 차림의 여자가 눈에 들어왔다. 그녀가 나를 뚫어져라 쳐다보며 무릎에 앉힌 퍼그 견을 쓰다듬고 있었다. 어째서 저 여자는 비키니를 입었을까? 시작과 끝을 알리는 공은 놋쇠로 만들어져 뭉툭한 소리가 났다. 나는 그 소리가 좋았다. 많이 맞았다. 심판이 경기를 중단시켜야 했는데. 매 라운드를 마치고 쉬는 시간에 나는 퍼그 견을 바라다보았다.

경기 후 주방에 가니 몇몇 복서들이 워밍업을 하고 있었다. 모두가 혼자였다.

한스를 데려오고 싶었지만 차마 말을 꺼내지 못했다. 그 앞에서 지고 싶지 않아서였을 것이다. 그는 잘하니까.

요즘 자꾸 한스가 변한 것 같다는 생각이 든다. 피트 클럽에 자주 드나들고, 조시와 요리를 해먹고, 셔츠 차림에 가죽구두를 신기 시작했다. 그는 이제 멍청이처럼 보였다. 나와 만나는 걸 부끄러워 한다는 느낌까지 들었다. 아마 나의 착각이겠지.

주방에 붙은 욕실에서 샤워를 했다. 한 남자가 시합의 대가라며 100파운드를 현금으로 내밀었다. 남은 밤 시간을 다양한 술을 맛보며 보내야지. 머리에 물을 끼얹고 눈썹에 처발랐던 바셀린을 씻어내자 기분이 날아갈 듯했다.

머리가 약간 웅웅거렸으나 견딜 만했다. 나는 빵집 주인을 몇 차례 때렸다. 링에서 나의 감각은 굉장히 예민했다. 퍼그 견 냄새를 확연히 맡을 정도였다. 담배연기도, 술 냄새도. 시합을 끝낸 지금은 정신이 혼미했다. 관객들은 우리 중 한 사람이 남자를 사랑한다는 사실 따위에 관심이 없으리라. 동성애자든, 이성애자든, 가난하든, 부유하든 상관이 없었다. 오늘 밤 나는 복서일 뿐. 빵집 주인은 링에서 나를 칭해 말하기를 "제길, 거친 하인이네."라고 했다. 무슨 의미에서 하인이라고 한 건지 모르지만, 칭찬처럼 들렸다.

청바지와 플란넬 셔츠를 입고 다시 식당으로 갔다. 다른 시합은 보고 싶지 않았다. 피곤했고, 이곳 사람들이 신경을 거슬리게 했다. 그들은 담배를 피우면서 복서들에게 소리를 질렀다.

"헤이, 빌리. 정말 죽이는 시합이었어. 잘했어."

프리스트, 나의 트레이너였다. 프리스트는 출입문 옆 벽에 기대어 있었다. 맥주와 피시앤칩스 냄새가 났다.

"여기서 뭘 하세요?"

"난 복싱 트레이너야. 복싱 트레이너는 복싱시합을 관람하지. 맥주 한잔 할래?"

그가 내 뺨을 토닥거렸고, 우리는 식당 밖으로 나갔다. 조명이 꺼지고 커튼이 쳐져서, 밖에서는 식당이 문을 닫은 것처럼 보였다.

"상대는 이미 열 번은 싸워본 듯해." 프리스트가 말했다.

나는 그를 바라다보았다. 가죽재킷을 입은 그는 술에 취해 있었다. 어깨는 둥글고, 턱은 아래로 늘어뜨린 채였다. 예전의 복서 중 한 명에게서 프리스트가 한때 라이트급에서 영국 기대주였다는 이야기를 들었다. 위대한 백인 기대주. 그러나 스물다섯 살에 사고를 당했다. 디스코텍에 들어가려는데 크림색 구두를 신었다는 이유로 문지기가 들여보내 주지 않자 지붕으로 기어 올라간 것이다. 당시 그는 종종 지붕 기술자로 아르바이트를 해서, 높이 올라가는 일쯤은 식은 죽 먹기였다. 그는 비상사다리를 올라가 지붕 몇 장을 들어낸 뒤 위로부터 집으로 들어갔다. 하지만 삐끗하며 미끄러져서 3미터 아래로 추락하고 말았다. 등을 아래로 한 채 떨어지는 바람에 경추가 박살났고, 엉덩이뼈도 골절되었다. 어쨌든 그렇게 전해진다. 친구들은 그가 그냥 집에 갔다고 여기고는 신경을 쓰지 않았다. 아무도 프리스트의 외침을 듣지 못했다. 이틀 뒤 청소하는 아줌마가 지붕 밑 다락방으로 초산 세제를 가지러 왔다가 그를 발견했다. 프리스트는 벽으로부터 단열재를 뜯어내 몸에 감고 버틴 덕에 얼어죽는 걸 면했다. 1월이었다. 중환자실로 실려갔을 때는 말도 어눌해진 상태였고, 체온은 31도에 불과했다. 의사는 또다시 경추에 손상이 가서 휠체어 신세를 지고 싶지 않거든 복싱을 그만두라고 했다. 1년 뒤 프리스트는 첫 매점을 털었다. 무기로는 진공청소기 자루를 사용했다.

내가 얼마나 이 남자와 더불어 옥스퍼드 대항 경기에 나가고 싶었던가.

우리는 철로 변에 있는 펍으로 들어갔다. 프리스트는 이 지역을 속속들이 안다고, 전에 이곳에서 사업을 했다고 말했다. 그는 카운터에 있는 여자의 뺨에 키스를 하면서 그녀를 미미라고 불렀다. 미미는 밝은 금발의 나이든 여자로, 창녀 같은 분위기를 풍겼다. 프리스트는 셋을 위해 맥주와 진을 주문했고, 미미에게 내가 오늘 첫 시합을 했다고 말했다.

"이겼어?" 미미가 물었다.

니체가 말했던가? 커다란 승리의 가장 좋은 점은 승리가 승자에게서 두려움을 앗아가 버린다는 점이라고. 그 말은 패자에게도 해당되는 것 같았다.

나는 내 맥주를 들여다보았다.

"응. 점수로는 졌지만." 프리스트가 대답했다.

우리는 잔을 마주하고 앉았다. 나는 시합을 복기하며, 각 라운드를 정리하려고 애썼다. 기억 속의 모든 것이 땀과 분노, 두려움으로 범벅되었다. 나는 맥주를 마시며 잔을 투과해 프리스트를 보았다. 프리스트는 아무 생각도 없는 듯했다. 나도 그럴 수 있다면 얼마나 좋을까. 부러웠다.

"너희들을 복서로 만드는 게 얼마나 어려운 일인지 알아?" 밤이 깊었을 때 프리스트가 불쑥 물었다.

나는 그런 생각을 한 번도 해본 적이 없었다. 프리스트는 한 모금 술을 꿀꺽 들이켰다.

"너희는 모든 걸 가지고 있어. 돈도 있고 집도 있고 예쁜 여자친구도 있고. 건강한 몸에 그 대학에 다니고. 너희들 모두 2년만 지나면 벤틀리를 몰겠지." 내가 끼어들려고 했지만, 프리스트가 말을 이었다. "단 하나, 너희에겐 분노가 없어. 그건 가르쳐줄 수 없는 것이지. 내겐 분노가 있었어. 그 독일 애도 분노가 있어. 하지만 그 녀석은 머릿속이 정상이 아니야. 너에게도 분노가 있어. 마이 썬, 너는 곱게 자란 다른 놈들과 달라. 오늘 내가 그것을 보았어. 이기고 지고는 상관없어. 네겐 불이 있어. 나는 널 팀에 끼워넣고 싶었지. 그래서 수석이랑 육박전까지 할 뻔했어. 미안해."

나는 등받이에 등을 기댄 채 바 의자를 뒤로 젖히고 삐 끄덕거렸다. 프리스트는 계속해서 앞쪽을 쳐다보았다.

"네가 남자를 사랑한다는 거, 난 전혀 상관없어, 빌리."

나는 코로 숨을 들이쉬었다가 입으로 내뱉었다. 울지 않 으려고 애썼지만 눈물이 자꾸 나왔다.

"그게 이유인가요?"

프리스트는 잔으로 테이블을 내리쳤다.

"제길! 그게 이유야. 수석은 어차피 널 좋아하지 않았어. 그게 빌미였던 셈이지. 넌 옥스퍼드 자식들을 무찔렀을 텐데. 수석은 개자식이야. 뼛속까지 피고트pigott(위선적인, bigott를 잘못 말한 것)한 작자야."

"비고트bigott(위선적인)거든요" 나는 그렇게 고쳐 말하다 가 곧바로 후회했다.

"그래 이 자식아, 비고트다. 뭔 상관이야. 대학생이라고 까불지 마."

나는 그의 플랫캡을 두드렸다.

"고마워요 프리스트."

행복해지는 데 선수단에 뽑히는 것 따위는 상관없다. 빵집 주인이 내게 그것을 가르쳐주었다. 나는 옥스퍼드와의 경기를 구경할 것이다. 한스가 이기는 걸 보고 싶었다. 나머지 선수들이 지는 걸 보고 싶었다.

프리스트가 계산을 했다.

"제가 할게요." 내가 말했지만 그는 미소만 지으며 지폐 몇 장을 카운터에 올려놓았다. 나는 미미의 뺨에 키스를 했다. "나 곧 퇴근해." 그녀가 내 귀에 대고 말했다. 나는 그녀에게 윙크를 하고 밖으로 나갔다.

우리는 팔짱을 끼고 비틀거리며 길을 걸었다. 프리스트는 내가 알지 못하는 사투리로 노래를 불렀다. 아무래도 도크랜즈 쪽 방언인 것 같았다.

"나는 여기 모퉁이를 돌아가면 돼. 조심해서 가."

프리스트와 헤어진 뒤 나는 런던의 거리를 걸었다. 아스팔트에 피를 뱉었다. 기분이 좋았다. 나는 복서였다. 남자였다. 안개비가 내리기 시작했다. 세계에서 가장 좋은 날씨. 젖은 손수건으로 운동가방을 들었다.

매직 마이크

시합날 아침이었다. 7시. 나는 여행객들이 아침 예배에 오기 전, 킹스 칼리지의 예배당에 가는 걸 즐긴다. 몇 주 전부터 이 날을 기다렸다. 시합을 고대했다. 하지만 무엇보다 오늘부터는 먹을 수 있을 거라고 생각하니 기뻤다. 지난 4주 간 7킬로그램을 감량했다. 182센티미터에 60킬로그램. 그간 쇠고기 살코기와 계란만 먹었다. 토스트 한 조각을 생각하면 얼마나 입에 침이 고였는지. 최근에는 몇 번이나 기운이 없어 주저앉았다. 거실 바닥에서 잠깐 정신을 잃기도 했다. 마지막 2킬로그램은 드라이 아웃Dry out(선수가 체중을 줄이기 위해 수분을 취하지 않고 사우나 등에서 발산시키는 것) 방식으로 줄였다. 스무 시간째 물을 단 두 모금만 마시며 핀란드 사우나에서 많은 시간을 보냈다. 머리가 몹시 아팠다. 대신 59.8킬로그램이 되었다. 아멘.

아침에 거울을 보니 피골이 상접한 모습이었다. 나는 검은 양복에 복싱 클럽 색깔의 넥타이를 매었다.

성화 앞 차가운 돌에 무릎을 꿇고 앉아 있는 바람에 무릎이 약간 아팠다. 성화는 아기 예수가 성모의 무릎에 앉아 있는 그림이었다. 예수는 통통하고 성격이 좋아 보였다. 나는 별로였다. 예수를 공산당원처럼 등장시키고, 하느님을 코카콜라가 만든 산타클로스처럼 등장시키는 현대 교회가 마음에 들지 않는다. 그러나 이곳은 아침에 조용해서 좋다. 나쁜 교회라도 아예 교회가 없는 것보다는 낫다.

나는 벌을 주는 신을 믿는다. 고향인 플로리다에 살 때 다니던 교회는 예전에 카트 레이싱 경기장으로 사용되던 건물을 예배당으로 활용했다. 그레이하운드를 경주시키는 경견 접수처 맞은편에 있었다. 건물 벽이 내화성 자재로 되어 있음을 알고 난 설교자는 예배 때 정기적으로 사람 키만한 소나무 십자가를 불태웠다. 나는 그것이 멋지다고 생각했다. 설교자는 건축자재 시장에서 구입한 나무망치를 손에 들고 설교하면서, 자욱한 연기를 뚫고 나온 하느님은 그의 말을 멸시하는 모든 인간을 영원히 타오르는 불에 던질 거라고 소리질렀다. 설교자는 망치로 제단을 내리쳤다.

나는 열기를 느꼈고 하느님이 계시다는 걸 믿었다.

내가 팔루자로 돌격하던 때 하느님은 나와 함께 있었다. 두 명이 내 앞에서 지뢰를 밟아 다리를 잃은 적이 있다. 달착지근한 바비큐 고기 냄새가 났다. 그 뒤로 스테이크를 먹고 싶은 마음이 싹 가셨다. 나는 일년 동안 이라크 전에 참전했지만 문틀의 조각난 나무에 조금 긁힌 것 외에는 무사했다. 그 뒤 너무도 감사해서 하느님께 생명을 바치기로 결심했다. 요즘 나는 박사논문 마지막 장을 집필하는 중이다. 바티칸이 오스트리아의 페르디난드 막시밀리안 요제프 마리아에게 미친 영향에 대한 내용이었다. 페르디난드 막시밀리안 요제프 마리아는 일년 간 멕시코 황제였던 인물로 훌륭한 사람이었다. 학위를 마치고 미국으로 돌아가 정계에 입문할 생각이다.

나는 복싱 팀을 좋아하지 않는다. 프리스트는 범죄자이고, 조시는 사이코이고, 빌리는 호모이고, 슈티힐러는 독일인이다. 다 뭔가 비정상적인 사람들로 구성되어 있다.

게다가 그들은 왜 나를 매직 마이크라고 부르는 걸까? 궁금해서 영화를 봤는데, 그 근육질 호모가 용접 장비를 들고 춤추는 모습을 본 순간 복싱을 그만두고 싶었다. 아마도 하느님이 이 팀을 통해 나를 시험하시는 것이리라.

이라크 전에 참전했을 때 성경을 부분적으로 암송했다. 휘틀러 목사님이 내게 준 옛날 번역본으로. 가죽장정 성경이었다. 이 아침 그 성경이 내 손에 들려 있다.

아버지는 휘틀러 목사님이 최근 예배 시간에 《코란》을 불태운 것이 문제가 되어 교회를 사임했다고 알려주었다. 그런 행동이 옳은 것인지는 알지 못한다. 내가 아는 것은 다만 '히브리서' 12장의 말씀뿐. *우리를 얽어매고 게으르게 만드는 죄를 벗어버리게 하시고, 인내함으로 우리에게 부여된 경주를 하게 하소서. 믿음의 근원이시며 완성자이신 예수를 바라보게 하소서.*

내게 부여된 경주를 할 것이다. 일어섰다. 무릎에 먼지가 달라붙어 있었다. 예배당 앞에서 핸드폰을 켰다. 프리스트에게서 메시지가 와 있었다. *준비되었나, 매직?*

물론 준비되었다. 나는 한 번도 시합에 져본 일이 없다. 이라크 전에서도 그랬고 복싱 링에서도 마찬가지였다. 일곱 번 싸워 한 번도 패하지 않았다. 몸무게를 재는 시각은 정각 12시. 나는 오늘 저녁에 달려들어 승리할 것이다. 그전에 치즈 샌드위치 다섯 개와 초콜릿 시리얼을 큰 통으로 먹어야지. 이제 집으로 가서 아내와 잠자리를 해야겠다. 신이 원하시면 첫 아들이 잉태될 수도 있으니.

빌리

그날 아침엔 내 방 벽의 마른 목재 냄새와 방바닥에 널린 빨지 않은 옷가지 냄새, 그리고 집 냄새가 났다.

비몽사몽 간에 전화벨 소리를 들었다. 침대 옆을 더듬어 청바지 호주머니에서 전화기를 꺼냈다. 약간 어지러웠다.

전화선을 타고 들려온 프리스트의 목소리는 부드러웠다. 무슨 일이지? 그가 전화를 걸어온 것은 처음이었다. 옥스퍼드와의 시합이 있는 날이었다. 내 티켓은 침대 위쪽 게시판에 꽂혀 있었다. 프리스트는 말을 빠르게 했다. 영국 복싱연맹에서 일하는 친구 말에 따르면, 오늘 몸무게를 잴 때 불시 도핑검사가 있을 거라고 했다. 그런데 잠비아의 왕자는 머리끝까지 클렌부테롤로 가득 차 있다는 얘기였다. 따라서 헤비급에 나갈 만한 선수가 나 외엔 없다고 했다. 프리스트는 몸무게가 적정 수준인지를 물었다.

"잠깐, 잠깐, 잠깐. 뭐라고요?"

나는 팔을 떨어뜨렸다. 전화기는 나의 이불에 놓여 있었다. 디스플레이의 시계를 보았다. 몸무게를 재기까지 세 시간 반 남아 있었다. 나는 지금 헤비급의 이상적인 몸무게에서 한참 모자란다. 런던에서 시합을 한 뒤 맥주와 바나나로만 연명해왔으므로. 도무지 다른 건 먹고 싶지 않았다. 지금 몇 킬로그램이 나갈지 감이 서지 않았다.

나는 인사도 하지 않고 전화를 끊어버리고는 곧바로 후회했다. 침대 밑에서 노트북을 꺼내 구글에 클렌부테롤이라고 쳐보았다. 본래 천식 치료에 쓰이는 약으로 신체가 아주 빨리, 많은 지방을 연소하게 해준다고 나와 있었다. 소들의 진통제로도 활용된다고 했다.

다시 전화가 울렸다. 프리스트가 계속 말하자 나는 그의 말을 끊었다.

"수석트레이너도 알고 있나요?"

"그 인간이 애걸하다시피 네게 전화해보라고 한 거야. 빌리, 이건 네 기회야. 내 말 들려, 빌리? 우리는 오늘 저녁에 복싱을 하는 거야. 시발! 복싱을 할 수 있다고."

커튼 사이로 햇살이 들어왔다. 8제곱미터 나의 공간과

비스듬한 벽을 바라보았다. 벽에 무지갯빛 깃발(무지개 기는 성소수자의 상징이자 평화를 상징하기도 한다)을 걸어놓았다. 압정으로 끝을 나무에 고정시켜서. 진부하다. 나도 안다.

어째서 누군가는 사는 데 8제곱미터 이상의 공간이 필요한 걸까?

나는 몇 년 전부터 복서의 하늘색 블레이저를 입고 집에 가는 것을 꿈꾸었다. 가슴에 붉은 사자가 수놓인…. 아버지가 자랑스러워 할 것이다. 입장음악을 무엇으로 하면 좋을까.

세 시간 반 뒤 나는 행사가 열리는 홀의 저울 위에 섰다. 옥스퍼드의 복서들이 구석에서 기다리고 있었다. 아무도 나를 거들떠보지 않았다. 아침에 쟀을 때 88킬로그램이었다. 너무 적었다. 프리스트는 물을 2리터 마시고 오라고 했다. 너무 적게 나가면 적수가 얕본다는 얘기였다. 헤비급은 91킬로그램 이하여야 했다. 대부분은 정확히 91킬로그램에 맞춘다. 프리스트는 힘은 질량 곱하기 속도라고 말했다. 그리고 심리전에 대해 이야기했다. 더 이상 들어가지 않을 정도로 물을 마시자 90.5킬로그램이 되었다.

몸무게를 잰 뒤 나는 홀 옆에 있는 화장실로 갔다. 볼일을 보고 문을 다시 열었을 때 옥스퍼드의 어두운 운동복을 입은 젊은 남자가 내 앞에 서 있었다. 몸에 힘이 잔뜩 들어가 있었다. 키는 나랑 비슷하지만 어깨가 훨씬 넓었다. 역기선수처럼 보였다. 이두박근이 멜론을 연상시켰다. 내 앞에 선 채 숨쉴 때마다 어깨가 들썩였다.

"헤비급이야?" 그가 물었다.

"응." 조용히 대답했다.

무릎이 후들거렸다. 그가 내 얼굴을 향해 거칠게 숨을 몰아쉬었다.

"오늘 저녁에 네 두개골을 박살내줄게." 호주 쪽 액센트였다.

"좀 비켜줄래." 내가 말했다.

헤비급은 꼼짝도 않고 내 앞을 가로막았다. 뱃속에서 파파야가 발효되고 있는 듯 그의 숨에서 곯은 파파야 냄새가 났다. 복싱은 머리로 이긴다는 걸 나는 알고 있었다. 그렇다고들 했다. 그 말이 맞다면, 상대가 이긴 것이었다.

나는 술집 같은 데서 누굴 때려본 적이 한 번도 없었다. 중령을 친 일조차 부끄러워 편지로 사과했다. 무분별한 폭력이 싫었다. 나는 복싱을 스포츠로만 여겼다. 힘의 통제로. 하지만 이제 그 원칙을 어겨야 했다.

나는 옥스퍼드 복서의 목을 잡고는 전력을 다해 어깨로 그의 가슴을 세면대 쪽으로 밀쳤다. 그러고 나서 그의 목을 아래쪽으로 젖히고는 그의 얼굴 위로 내 몸을 구부렸다. 그가 놀란 눈을 치켜 떴다. 예상하지 못했으므로.

　"오늘 저녁에 보지." 그렇게 말한 나는 그를 놓아주고 문 밖으로 나왔다.

　밖에서 떨리는 손을 바지주머니에 넣고는 아무 일도 없었던 듯 건물을 나섰다. 하늘에는 먹구름이 끼어 있었다. 맥주 한 잔 하고 싶었다. 아니 세 잔 하고 싶었다.

한스

샬로테가 예배당 뜰이 내려다보이는 칼리지 옥상에서 나를 기다리고 있었다. 옥상에 올라가는 건 금지되었다. 금지였기에 샬로테는 더더욱 옥상에 올라갔을 것이다. 샬로테의 얼굴에 송송 맺힌 빗방울이 보였다. 꽤 오래 이곳에 앉아 있었던 것이다. 샬로테는 아침에 옥상에서 만나자면서, 홀에 같이 가도 되냐고 물었다. 단지 복싱시합인데 너무 요란을 떠는 게 아닌가 싶었지만 나는 그러자고 했다. 성폭행 이야기를 하던 때 샬로테가 얼마나 상처받은 모습이었는지가 자꾸 떠올랐다. 나는 그것이 우리에게 무슨 의미인지 자문했다. 그녀 옆에 서서 비닐우산을 씌워주었다.

요즘 피트 클럽에 대해 많이 생각했다. 회원들이 나를 얼싸안거나 같은 유리잔으로 음료를 마실 때면 역겨웠다.

샬로테는 그날 말을 마친 뒤 한 손을 입에 대었다. 사람들이 기겁했을 때 하는 것처럼…. 샬로테의 그 몸짓이 계속 생각났다.

알렉스는 처음에 나의 임무가 복서들과 관계 있다고 말했다. 알렉스를 생각해서라도 옥스퍼드와의 시합에서 이겨야 했다. 그것은 하늘색 블레이저 이상의 문제였다.

아침에 몸무게를 잰 뒤 프리스트는 내 적수가 스코틀랜드 청소년챔피언 출신이라고 말했다. 하지만 그리 긴장할 필요는 없다고도 덧붙였다. 시합에 지면 어떻게 될까 자문했다. 선수복 주머니에 엄마의 목걸이가 들어 있었다. 피트 클럽을 첫 방문한 이래 나는 그것을 더 이상 갖고 다니지 않았다. 다른 사람 행세를 하면서 그것을 걸고 다니는 게 불편하게 느껴졌다. 그날 나는 여권과 몇 장의 부모님 사진이 들어 있는 신발상자에서 목걸이를 가져왔다.

샬로테의 젖은 머리가 나의 면도한 목에 차갑게 붙었다. 복서들이 깨끗하게 면도를 해야 한다는 것이 영국아마추어복싱협회의 규칙 중 하나였다. 나는 샬로테의 팔을 쓰다듬었다. 팔 아래 어느 부분을 만지자 샬로테가 움찔했다.

나는 샬로테의 소매를 걷었다. 샬로테가 팔을 빼려고 했지만 내가 그녀의 손목을 꽉 잡았다. 왼쪽 손목에 깊은 상처가 있었다. 아문 지 얼마 안 된 상처. 면도날로 그은 것 같았다. 예전 기숙학교에 다닐 때 팔을 그은 아이가 한 명 있었다. 그래서 그 상처가 어떻게 생겼는지 알았다. 그 아이의 이름은 페르디난트였는데 나중에 아버지의 포르쉐를 몰고 슈타른베르거 호수로 돌진해 익사했다. 부고에는 사고라고 적혀 있었다. 샬로테의 얼굴에 눈물이 흘렀다.

"더 이상 못 하겠어." 샬로테가 말했다.

나는 그녀의 어깨에 외투를 둘러준 후 품에 안았다. 범인을 찾을 때까지, 우리 둘을 위해서라도 나는 더 강해져야 하리라. 그 뒤에 무슨 일이 일어날지는 상상이 가지 않았다. 우리는 오랫동안 그렇게 앉아 있었다. 샬로테의 호흡이 서서히 잠잠해졌다. 비가 강해져 우산에 요란하게 떨어졌다. 나는 번개가 치기를 바랐다. 선수복 호주머니에서 목걸이를 꺼내 샬로테의 손에 쥐어주었다

"부디 오늘 저녁에 이걸 걸어줘요. 우리 엄마 거야."

샬로테는 고개를 흔들며 뭐라고 말하려는 듯 입술을 움직였다. 그러고는 손가락을 오므려 목걸이를 잡았다.

"난 여길 떠나고 싶어." 샬로테가 말했다.

구름을 올려다보며 나는 샬로테가 사과나무 둥치에 얼굴을 대고 있던 모습을 떠올렸다. 그녀에게 어릴 적 내가 포플러나무로 뛰어가 높이 오르곤 했으며, 그것보다 더 기분 좋은 일이 없었다는 이야기를 해줄 걸 그랬다. 기숙학교의 교회 탑 계단을 올라가 꼭대기에 혼자 있었다는 이야기도…. 이제껏 나는 도망만 다녔다. 그리고 다른 사람이 시키는 것만 겨우 했다. 하지만 오늘 저녁에는 도망치지 않을 것이다.

"그들을 찾아낼 거야." 내가 말했다.

세인트 존스 예배당의 시계탑에는 시곗바늘이 없었다. 서머싯 집의 시계처럼. 이것이 무슨 의미라도 있는 걸까.

샬로테가 내 운동가방을 들고 앞장섰고, 우리는 시합이 열릴 홀로 향했다. 수위실을 통과할 때 수위들이 엄지손가락을 위로 들어 보였다. 하지만 그들의 얼굴 표정이 시합에 전혀 관심이 없음을 말해주었다. 아침에 나는 우편함에서 카드 한 장을 발견했다. 카드에는 *흠씬 두들겨줘. 행운이 있길 바라. 알렉스*라고 적혀 있었다.

홀 앞에 이미 관중들이 기다리고 있었다. 시합 시작은 아직 두 시간 정도 남아 있었다. 사람들은 내 트레이닝재킷을 보고는 우리가 지나갈 수 있도록 길을 터주었다. 한 사람은 뭐라고 외쳤고, 다른 사람은 내 어깨를 두드렸다.

홀 안으로 들어서기 전에 샬로테와 나는 서로 마주보고 고개를 끄덕였다. 샬로테는 평소와 달랐다. 시합 때문일 것이다. 입구에 들어서자 카펫 냄새가 났다. 레몬 향이 뿌려져 있었다. 시합은 오래된 시장에서 열렸다. 문들 위의 표지판에는 '쇼타임Showtime'이라고 적혀 있었다. 탈의실이 어디인지 알 수가 없어서, 일단 관객석으로 들어갔다. 플라스틱 의자들로 가득했다. 천정의 좁은 창문을 통해 약간의 빛이 비쳐들었지만 홀은 어두컴컴했다. 가운데에 설치한 링이 보였다.

나는 링 가장자리 매트에 등을 대고 누워 샬로테의 팔에 난 상처를 생각하며 눈을 감았다. 그러고는 나도 모르게 잠이 들어 스포트라이트가 켜지고 나서야 잠에서 깨어났다. 나중에야 알았다. 여러 상황에서 다른 사람들이 긴장해 거의 돌려고 할 때 나는 오히려 차분해진다는 사실을. 빛을 본 나는 스포트라이트를 세려고 했다. 하지만 너무 눈부셔서, 매번 중간쯤밖에 나아가지 못했다. 확실하지 않지만 램프 중 하나가 꺼져 있는 것 같았다.

한스

탈의실은 2층에 있었다. 복서들은 벽 가장자리에 나란히 놓인 의자에 앉아 대기했다. 조시는 아이패드로 영상을 보았고, 매직 마이크는 플라스틱 통에 든 초코팝스를 먹는 중이었다. 트레이너들은 이리저리 걸어다니며 아무도 듣지 않는 말들을 해댔다. "팔을 쭉쭉 뻗어야 해." "드디어 대망의 순간이 왔어." 등등.

옷을 갈아입은 뒤 계단을 내려가 커튼 뒤에 선 채 홀을 가득 메운 관중을 바라다보았다. 빨간 벨벳커튼이 뺨을 스치는 감촉이 부드러웠다. 1,300여 명의 관중이 홀을 가득 메우고 있었다. 표는 매진이었다. 공기는 따뜻했고 팝콘과 맥주 냄새가 났다. 링 앞 세 번째 열에 앵거스 페어웰이 하늘색 블레이저를 입고 앉아 있었다. 그 옆에 샬로테가 긴

팔 검정색 원피스 차림으로 내 엄마의 목걸이를 건 채 앉아 있었다. 아직 싸늘한 날씨를 감안하면 원피스가 너무 얇아 보였다. 팔목의 상처는 옷 아래 숨겨진 상태였다.

첫 시합은 케임브리지의 승리였다. 페더급의 테오는 검은 피부에 평생 복싱만 한 것처럼 움직였다. 관중들의 얼굴이 피와 아픔을 갈구하는 듯했다. 나는 사람들이 복싱시합을 관람하는 이유를 이해할 수 없었다.

1:0

두 번째 복서는 매직 마이크였다. 매직 마이크는 바그너의 아리아가 울리는 가운데 입장했다. 몇몇 관중이 웃음을 터뜨렸다. 매직 마이크가 관중석을 거쳐 링으로 걸어가는 걸 보고 나는 화들짝 놀랐다. 너무나 말라 있었다. 그는 자신의 신체를 적으로 만들어버렸다.

나는 영혼이 있는지 알지 못한다. 하지만 그런 게 있다면, 복싱이 영혼을 변화시킬 수 있다고 믿는다.

"매직 마이크." 몇몇 젊은이들이 관중석에서 외쳤다. 링의 한 코너에서 그는 바닥에 무릎을 꿇고 세 번 성호를 그었다. 얼굴이 사뭇 진지했다. 1라운드 시작을 알리는 공이 울리자마자 상대는 강력한 레프트훅을 날린 뒤 턱에 어퍼컷을 꽂아 그를 바닥에 쓰러뜨렸다. 너무 빨라서 나는 커

틈 밖으로 한 걸음 나갔다. 아무도 내 쪽을 쳐다보지 않았다. 모두 매직 마이크만 보고 있었다. 매직 마이크는 엎드린 상태로 표정이 없었다. 턱에 침이 흘러나와 있었다. 심판이 카운트다운을 했다.

1:1

링에서 내려온 매직 마이크가 내 쪽으로 걸어왔다. 내 앞에 멈추어 마치 처음 보는 사람처럼 나를 바라다보았다. 턱이 아래로 축 처져 있었다.

프리스트가 내 어깨에 손을 올렸다.

"이제 얼른 워밍업을 해."

몇 번 포커스미트를 쳤다. 땀이 차가웠다. 나는 관중들을 좋아하지 않는다. 그들은 너무 시끄러웠다. 몇 분 동안 나는 줄넘기를 하며, 벽에 있는 소화기를 관찰했다. *비상시에 안전핀을 뽑으시오*라고 쓰여 있었다.

우리 팀의 라이트웰터급인 스티브는 판정패했다.

1:2

나는 입장음악을 무엇으로 할지 오랫동안 고민했다. 샬로테에게 묻기까지 했다. 하지만 샬로테가 샹송을 추천했을 때 공연히 물었다는 걸 깨달았다. 나는 음악을 듣지 않았다. 달리기를 할 때도 음악 없이 했고, 복싱을 할 때도 음악 없이 했다. 부모님의 장례식에는 음악이 연주되었다. 나는 프리스트에게 음악 없이 조용히 입장해도 되느냐고 물었고, 그는 어깨만 으쓱했다.

나는 음악 없이 링으로 입장했다. 환호하지도 않고, 팔을 들어 보이지도 않고, 곧장 링으로 걸어갔다. 아무도 박수를 치지 않았다. 관객들이 미처 나를 보지 못하는 듯…. 좋았다. 로프 사이를 통과해 링에 올라가 심판에게 허리를 굽히고는 내 상대의 얼굴을 보았다.

상대는 약간 나이가 들어 보였다. 프리스트는 스코틀랜드 출신인 이 선수가 열아홉이라고 했다. 하지만 그는 이미 머리가 벗겨져 있었다. 공이 울렸다. 딩동. 상대가 콤비네이션을 쳤다. 잘했다. 정말 잘하는 놈이었다. 나는 그 사실을 단박에 느꼈다. 첫 펀치 중 하나가 내 코에 맞았다. 목으로 피가 넘어갔다. 구리 맛이다. 그나저나 구리가 어떤 맛이 나는지 내가 어떻게 아는 걸까? 이제 약간 거리를 확보했다. 둘 사이의 가장 짧은 길은 직선이다. 레프트, 레프트, 라이트. 스코틀랜드 애는 너무 빨랐다.

휴식시간. 프리스트는 내 머리에 얼음주머니를 올려놓고는 이런저런 말을 했다. 반통의 바셀린을 얼굴에 발라주고, 콧구멍을 틀어막았다.

나는 기숙학교의 포도주 저장실에 다시 섰다. 게랄트 신부가 미소 짓는다. *적수가 기대하는 것과 반대로 하라.* 신부는 늘 그렇게 말했었다. 그의 미소는 좋았다. 왜 한 번도 그에게 편지를 쓰지 않은 것일까?

홀 천정의 창문을 통해 밤하늘을 올려다본다. 드디어 번개가 친다.

다음 라운드가 시작되자 나는 링의 코너에 섰다. 옛날 나의 첫 트레이너는 그곳을 '데드 존'이라 불렀다.

"코너에서 나와."

누가 소리치는지 알지 못했다. 알고 싶지도 않았다.

스코틀랜드 청년은 내 얼굴에 몇 개의 스트레이트를 날렸다. 그래, 좋다. 너는 지쳐야 한다. 한순간 나는 앞쪽으로 튀어나가 그를 잡고는, 로프 쪽으로 밀었다. 이제 그가 코너에 몰렸다. 이것이 나의 기회였다. 그는 피하고 나는 펀치를 날리고 또 날렸다. 글러브를 통해 그의 광대뼈가 느껴졌다. 나는 그를 코너로 거세게 몰았다. 내 목에 달라붙어. 넌 더 이상 빠져나갈 수 없어. 가운데가 텅 빈 그의 머리칼에서 샴푸냄새가 났다. 사과 향이다. 나는 그의 배와 갈비뼈를 쳤다. 내게서 열기가 느껴졌다. 나, 나, 나.

2라운드가 끝나고 휴식시간이 오자 수석트레이너가 팔짝 뛰기를 하며 수건을 흔들었다. 로프 사이로 보니 앵거스가 링 바로 곁에 서서 내게 고개를 끄덕이고 있었다.

나는 아직 지치지 않았다. 상대가 그냥 쓰러져버리면 모든 것이 끝날 텐데. 다시 공이 울리고 스코틀랜드 선수의 첫 레프트가 내게 꽂혔다. 그는 아직도 싸우고 있었다. 나의 코뼈가 어긋나는 듯한 소리가 들렸다. 소리가 내 두개골 내부에서 들리는 느낌이었다. 3라운드가 절반쯤 지나자 스코틀랜드 애는 다시금 로프에 기대서고, 나는 훅과 어퍼컷을 날렸다. 그리고 입을 벌린 채 숨을 쉬었다. 펀치를 날릴 때마다 내 안의 분노가 소리가 되어 나왔다. 경기 종료 공이 울렸을 때 내가 이겼다는 걸 알았다. 심판은 내 팔을 위로 올렸다. 끝났다. 아무도 그것을 내게서 앗아갈 수 없다. 승리. 나는 운이 좋았던 거다.

2:2

링에서 내려왔다. 코가 둔하게 느껴졌다. 앵거스가 탈의실로 가는 길목에 서 있다가 두 손으로 내 어깨를 잡아 격려를 했다.

한스

샤워를 하고 나왔는데도 계속 땀이 흘렀다. 콧구멍에 휴지를 말아넣었다. 누군가 내게 조시가 이겼다고 알려주었다. 상대가 1라운드에 KO 당했다고. 탈의실에서 나왔을 때 점수는 *4:4*를 가리키고 있었다.

　이제 빌리가 이겨줄 차례다. 입장음악이 크게 울려서 홀에 있던 사람들이 흠칫 놀랐다. 트럼본 소리였다. 1,300명 관중이 빨간 벨벳커튼을 바라보며, 케임브리지 대학의 헤비급을 기다렸다. 홀은 열기로 가득했다. 더 이상 의자에 앉아 있는 사람이 없었다. 사람들은 빠른 리듬으로 박수를 치면서 빌리의 이름을 불렀다.

빌리

"저 밖에 있는 사람들 소리 들리니, 나의 아들아? 네 이름을 연호하고 있어. 이제 삶에서 네게 부당하게 했던 모든 사람들을 생각하거라. 그들 모두를 오늘 링에서 만나는 거야. 내 말 들려, 빌리? 이제 나가서, 그들에게 보여줘, 빌리. 어서, 그들에게 본때를 보여줘!"

한스

빌리가 커튼을 통과해 씩씩하게 걸어나왔다. 두 손으로 깃발을 높이 쳐들고 있었다. 그의 방에 걸려 있던 무지갯빛 깃발이었다. 빌리는 고개 들어 스포트라이트를 바라보았다. 다른 복서들은 모두 커튼을 통과한 뒤 곧장 링으로 걸어갔다. 트레이너들이 심판은 우리가 쇼하는 걸 좋아하지 않는다고 말했기 때문이다. 하지만 빌리는 커튼 앞에 선 채 모든 것을 자신에게로 빨아들이듯 깃발을 높이 쳐들었다. 옆에 선 프리스트가 오른손을 빌리의 어깨에 올리고는 홀 천정 쪽을 향해 왼주먹을 뻗었다.

링 위에서는 적수가 이 코너에서 저 코너로 왔다갔다 하는 중이었다. 누군가에게서 그가 사모아 출신이며 원래 럭비선수라는 말을 들었다. 빌리는 가벼운 걸음으로 그를 향해 걸어갔다. 순간 내가 빌리를 얼마나 그리워하고 있는지를 절감했다. 요즘 빌리보다 조시하고 더 많은 시간을 보내면서 마음이 좋지 않았다. 하지만 그렇게 해야만 했다. 조시는 피트 클럽에서 모르는 사람이 없었으니까. 시합이 시작되자 프리스트는 무지갯빛 깃발을 어깨에 둘렀다. 수석트레이너가 그에게 호통을 쳤다. 프리스트는 팔을 아래쪽으로 향하게 해서 허공을 쳤다. 움직임이 아주 빠르고 정확했다. 예전 복싱 유망주라는 이름에 걸맞게 손놀림이 잽쌌다. 그러고는 오른손으로 수석트레이너의 턱을 잡아 얼굴에 대고 뭐라 말하며 씩씩댔다.

빌리의 손놀림이 확연하게 보였다. 사모아 출신 상대는 앞으로 달려와 크게 스윙을 날렸다. 빌리는 마치 모든 펀치가 오는 걸 보기라도 하듯 그를 피했다. 첫 휴식시간 공이 울리자 프리스트는 코너로 올라가 빌리 앞에 섰다. 빌리는 의자에 앉지 않았다. 둘은 말없이 서서 고요히 호흡을 했다. 나는 빌리 쪽으로 다가갔다. 학년 초 빌리가 피트 클럽에서 두들겨맞던 생각이 났다. 언제 저렇게 복싱을 잘하게 되었을까. 프리스트는 다음 라운드가 시작되기 직전 딱 한 마디만 했다. "난 네가 자랑스럽다, 마이 썬."

빌리의 몸이 땀으로 인해 반짝거렸다. 2라운드가 시작되자마자 빌리는 라이트스트레이트를 날려 상대를 쓰러뜨렸다. 상대의 눈에서 흰자위만 보였다. 의사가 링으로 뛰어올라가 상대 선수의 목에서 혀를 빼냈다. 혀가 목 안으로 말려 들어간 것이다.

5:4

승리. 빌리는 해냈다. 순간 날아갈 듯 기분이 좋아진 나는 링으로 올라가 그를 껴안았다. 서로 뭐라고 말을 한 것 같은데, 무슨 말을 했는진 기억나지 않는다. 스포트라이트가 모조리 켜져 빛을 쏘아대던 것만 기억날 뿐.

누군가 로프 사이로 샴페인 병을 건넸고, 조시가 그것을 빌리의 머리에 들이부었다. 링 밖을 보니 프리스트가 물 한 양동이와 수건, 빌리의 알록달록한 깃발을 들고 홀을 빠져나가고 있었다.

알렉스

링은 홀 한가운데 제단처럼 서 있었다. 한 사람이 희생당하고, 군중은 환호성을 지른다. 이렇게 말하면 누군가는 날더러 미쳤다고 하겠지.

나는 2등석 마지막 열에 앉아 있었다.

관중들이 모두 의자에서 일어났을 때에도 나는 홀로 앉아 있었다. 앞쪽에 앉은 그의 모습이 보였다. 나는 그와 마주치지 않으려 애썼다. 아직은. 저녁 내내 그를 관찰했다.

한스가 링에 오르자 내 몸에 땀이 났다. 한스를 볼 때마다, 한스를 내게 데려왔어야 했다는 생각이 들었다.

조시 레반 차례가 되었을 때 나는 의심을 사지 않기 위해 박수를 쳤다. 시합이 열리기 전, 내 침실에서 경찰봉을 꺼내 베개를 흠씬 두들겼다. 하지만 그를 두들겼을 때와 같은 포만감은 느껴지지 않았다.

관중들이 홀에서 다 빠져나갈 때까지 기다렸다. 링 아래서 한스를 보았다. 그는 로프에 기댄 채 텅 빈 플라스틱 의자들을 바라다보고 있었다. 그는 혼자였다.

마켓 홀 맞은편의 레스토랑 입구에 서서 한스를 기다렸다. 어두운 색 후드 집업 위에 검은 외투 차림이라, 아무도 나를 알아보지 못했다.

이 레스토랑은 텔레비전에 단골로 출연하는, 팔뚝에 문신을 한 유명 요리사가 경영하는 식당으로 매일 밤 만원이었다. 자정을 코앞에 둔 지금은 영업이 끝나 문을 닫았다. 오래 전 나의 대학생 시절에는 이 건물에 유서 깊은 서점이 있었다. 서점 가운데 돔 모양 지붕을 가진 공간이 있고, 주변 둥근 벽에 맞추어 곡선으로 제작한 책장들이 있었다. 나는 벽에 붙은 유리함 속 저녁메뉴를 확인했다. '수제빵'이 4파운드, 인기상품인 '게 링귀니'가 13,50파운드.

여기 이 서점에서 나는 졸업논문을 썼다. 그 시절 나는 네덜란드 화가들에 빠져 있었다. 특히 렘브란트의 '탕자의 귀환'에 매료되어 성 페테르부르크 에르미타시 박물관에 전시된 오리지널 작품을 보러 가려고 칼리지에서 실시한 여행 장학금에 공모했다.

'탕자의 귀환' 그림 속 손들을 보고 싶었다. 그림 속 아버지는 자신을 실망시키고 집을 나간 후 이제 누더기를 입고 발 앞에 엎드려 용서를 구하는 아들을 껴안고 있었다. 아들의 어깨에 댄 아버지의 왼손은 남자의 손이었다. 반면 등에 댄 오른손은 여자의 손이었다.

오리지널을 보았을 때 나는 깜짝 놀랐다. 생각했던 것보다 훨씬 큰 그림이었다. 색감은 따뜻했다. 사랑에 대한 렘브란트의 믿음이 이 그림만큼 잘 드러난 작품은 없을 것이다. 아버지는 용서할 수 있었다. 아들을 사랑하니까.

한스와 허심탄회하게 이야기를 나누며 그에게 용서를 구하고 싶었다. 하지만 그것이 두려워 늘 회피해왔다.

한스

시합에 상주한 의사는 내 코가 심하게 부어올라 수술해야 할지도 모른다고 말했다. 뼈를 곧장 바로잡을 수도 있지만, 그렇게 하면 통증이 심하고 혈관도 더 많이 손상된다고. 관객이 다 빠져나간 뒤 링에 한참을 서 있다가 탈의실로 향했다. 샬로테가 탈의실 앞에서 기다리고 있었다.

나는 차가운 물로 오랫동안 샤워했다. 의사가 혈관이 닫혀야 한다며 그렇게 하라고 권했다. 절대로 코를 풀지 말라고도 했다. 코를 풀면 피가 눈에까지 들어가 온통 벌겋게 된다는 것이다. 복서들이 늘 하는 이야기이기도 했다. 하지만 나는 그 말을 믿지 않았다.

탈의실 옷걸이에 두툼한 펠트 원단으로 된 하늘색 블레이저가 걸려 있었다. 옷걸이에 *한스 슈티힐러*라고 쓰여진

글자가 보였다. 트레이너들이 선수명단을 알려준 날 우리는 양복전문점에 가서 치수를 쟀다. 이긴 사람만 하늘색 블레이저를 입을 수 있었다. 그렇다면 시합에 패한 선수들의 블레이저는 어떻게 될까, 나는 궁금했다. 천을 쓰다듬어보았다. 두껍고 거칠거칠했다. 색깔은 초록빛에 좀 더 가까웠다. 세련되게 말하자면, 아쿠아마린 색깔이라고 할까. 나는 얼굴을 블레이저에 대었다.

"따냈구나."

샬로테가 탈의실의 열린 문 앞에 서 있었다. 그녀는 웃지 않았다.

"진작 이야기하려 했는데, 네가 아까 내게 손을 댄 건 좋지 않았어." 샬로테가 말했다.

그 문장을 알아듣기까지 시간이 걸렸다. 코피가 휴지를 뚫고 하늘색 블레이저 위로 떨어졌다. 하늘색 천 위에 스며든 피는 갈색으로 추하게 보였다.

"무슨 말을 하는지 모르겠어요."

"내가 원하지 않을 때는 어떤 남자도 다시는 내게 손대지 못하게 하겠다고 맹세했거든." 그녀가 블레이저의 안감을 만지작거리며 말을 이었다. "색깔이 너무 차가워."

서머싯에서 내 팔을 베고 잠자던 그녀의 모습이 떠올랐

다. 손을 그녀의 어깨에 올리려다가 움찔하며 거두었다. 두려웠다.

"우리가 어떤 사이인지 잘 모르겠어." 그녀가 말했다.

"미안해요. 난 그저 걱정이 되어서."

나는 그렇게 우물거리며 잠시 서 있다가 코를 틀어막은 휴지를 갈러 욕실로 갔다. 나와 보니 그녀는 소리 없이 탈의실을 빠져나가 계단을 내려가 버린 상태였다. 엄마의 목걸이는 운동가방 위에 놓여 있었다.

나는 거울 앞에 서서 양손으로 코뼈를 잡고 똑바로 밀었다. 이어 불을 끄고 탈의실을 나섰다.

어둠속에서 알렉스가 나타났다. 외투주머니에 손을 넣고는 어떤 건물 입구에서 튀어나왔다. 내 턱에 흐르는 피를 본 그녀가 목에 둘렀던 면 머플러를 끌러 내게 주었다.

"돌려받지는 못할 거예요" 내가 말했다.

그녀는 어깨를 으쓱했고, 나는 머플러를 코 아래에 대었다. 그녀가 내 블레이저의 소매 위를 쓰다듬었다.

"샬로테는 가버렸어요." 내가 말하자 알렉스는 고개를 끄덕였다.

알렉스가 내 옆에서 말없이 걸어가다 다소 불안하게 팔

짱을 끼었다. 내 몸은 뻣뻣하게 굳었다. 이제까지 알렉스와 나 사이의 유일한 신체 접촉은 악수였으므로. 알렉스에게 나쁜 일이라도 생긴 건지 슬쩍 걱정이 되었다.

한 쇼윈도에 양복과 짧은 재킷, 풀오버가 걸려 있었다. 풀오버에 적힌 *I love Cambridge*라는 문구가 도드라졌다. 나는 샬로테가 다른 남자의 손을 어떻게 잡을지를 상상해보았다.

"그애는 돌아올 거야. 그애는, 제 아빠와는 달라." 알렉스가 나지막이 중얼거렸다.

"샬로테의 아빠를 알아요?"

"조금."

그녀가 나를 잠시 쳐다보았다.

"넌 범인을 찾아야 해, 한스."

"나도 알아요."

우리는 정처 없이 무작정 거리를 걸었다. 한 펍에 들어간 알렉스는 로즈마리와 바닷소금을 뿌린 감자튀김을 주문했다. 그것을 먹으니 혀가 화끈거렸다.

"그때 왜 나를 데려가지 않았죠?"

알렉스는 이빨 사이로 숨을 들이마셨다.

"나는 안 좋았어." 그녀가 말했다. "내가 내가 아닌 시절이 있었어."

"그게 전부예요?"

우리는 높은 나무테이블 앞 벤치에 나란히 앉아 있어서, 서로를 마주보지 않아도 되었다. 알렉스가 낮은 목소리로 물었다.

"고야의 검은 그림들 알아?"

"알렉스."

"응."

"그건 내게 중요해요. 그림 이야기 따위 하지 말고요."

알렉스가 내게 기대더니 낮은 목소리로 물었다.

"렘브란트의 탕자 그림 알아?"

"무슨 말을 하는 거죠?"

"날 용서해줘."

알렉스가 가느다란 팔로 나를 감싸안는 순간 화들짝 놀라 몸을 흠칫했다. 그녀가 나를 치려는 줄 오해했기 때문이다. 그녀 쇄골의 뾰족한 뼈가 내 가슴을 찔렀다. 안아주는데도 왜 내 마음이 따뜻해지지 않는 걸까? 의아했다. 그 순간 내가 결코 그녀를 용서할 수 없을 거라는 생각이 들었다. 너무 늦었다.

"피곤해요." 내가 말했다.

"한스, 제발…."

나는 일어서서 집으로 갔다. 어떤 동물이 나뭇가지 사이로 뜀뛰기를 했다. 다람쥐 같았다. 다람쥐는 떨어지는 것을 결코 두려워하지 않는다.

내 방에 들어와 보호대가 마르도록 문 위에 걸어두었다. 그러고는 하얀 와이셔츠를 입고 나비넥타이를 맸다. 이제 나는 보지 않고도 나비넥타이를 맬 수 있었다. 셔츠 위에 하늘색 블레이저를 걸쳤다.

다른 복서들은 이미 피트 클럽에서 파티를 하고 있었다. 그들은 나를 얼싸안고 시합에 대해 이야기했다. 나는 우승배로 보드카를 마셨다. 너무 빠르게, 너무 많이 마셨다. 샬로테 생각을 떨쳐버리고 싶어서였다. 이어 레몬과 소금을 넣은 데킬라 네 잔을 연거푸 마셨다. 한 여자애가 나의 새 블레이저를 쓰다듬었고, 다른 여자애는 나에게 독일 복서냐고 물었다. 조시는 내게 코카인을 한 대 피우겠냐고 했다. 그는 아이펜슬로 눈을 퍼렇게 화장하고 있었다. 나는 부러진 코뼈를 가리키며 고개를 흔들었다. 조시가 내 블레이저를 만지며 뭐라고 했는데 제대로 못 들었다. "죽이는 옷이다."라고 했던가, 뭐 비슷한 말인 듯했다. 조시는 이 클럽에서 일어나는 모든 일을 꿰고 있었다. 그는 샬로테와 같은 해에 대학에 들어왔다. 이제 이 모든 게 정말 견디기 힘들었다.

한 여자애가 내 손에 데킬라 두 잔을 쥐어주고는 내 셔츠 단추를 풀었다. 나는 그냥 내버려두었다. 그녀는 나의 쇄골과 가슴 사이 피부에 소금을 뿌리고는 그것을 핥고 데킬라를 마시고, 댄스플로어에 레몬을 뱉었다. 그녀가 내 얼굴의 찰과상을 유심히 뜯어보며 자신이 의학도라고 말했다. 곤충처럼 보였다.

나는 내 여자친구가 성폭행을 당한 클럽에서 파티를 하고 있었다. 다른 여자랑 노닥거리고, 술을 마시고, 성폭력을 행사했던 남자들과 춤을 추었다.

이 클럽에서 시간을 보내며 때로 나는 자아가 서서히 해체되고, 어느 순간 한스 슈티힐러만 남은 것 같은 느낌이 들었다. 그러나 그 저녁에 나는 내가 누구이고, 어떤 사람이 되어서는 안 되는지를 정확히 알았다.

나는 작별인사도 하지 않고 골목을 혼자 걸어 내려갔다. 케임브리지에서는 거의 아무도 바닥에 껌을 뱉지 않는다는 사실이 처음으로 눈에 띄었다. 도로 포석이 가로등 불빛을 받아 반짝였다. 하늘색 블레이저, 빛나는 돌들, 뜰의 깨끗한 잔디, 검은 가운, 피트 클럽의 하얀 기둥들. 모든 것이 하나로 짜맞추어져 이 장소를 위대하게 만드는 신화가 되었다. 내가 이곳에 속하기를 얼마나 바랐던가. 그러나 드디어 여기에 속해서, 대학 색깔의 블레이저를 입게 된 이 밤에 나는 이곳이 말할 수 없이 역겨웠다.

나는 클럽에서 가지고 나온 냅킨에 코를 풀고는 피 묻은 휴지를 돌 위에 버렸다. 칼리지로 돌아가는 길은 추웠다. 펠트 원단이 자꾸 내 목을 긁었다. 빌리가 곁에 있었으면 좋겠다는 생각이 들었다. 그에게 진실을 말하고 싶었다. 이 밤에 그럴 수 있다면 얼마나 좋을까. 내 방에 들어가 욕실에서 거울을 보았다. 눈이 빨갰다.

한스

나비들과의 첫 만남은 조시의 부엌에서 이루어졌다. 조시는 면 앞치마를 두르고 앞치마 끈을 앞쪽으로 묶은 채, 화덕 앞을 왔다갔다 하며 올리브유에 마늘을 곁들여 새우를 구웠다. 새우를 꺼내 키친타월 위에서 기름을 빼 접시에 올리고 고수와 페퍼로니를 다져서 새우 위에 얹고는 굵은 바닷소금을 뿌렸다.

"라임 즙은 각자 알아서들 뿌려 먹으셔." 그가 말했다.

식탁에는 이전에 복서였던 네 사람이 앉아 있었다. 모두 피트 클럽에서 안면을 튼 이들이었다. 이전 해에 복싱을 했으며 아직 대학에 몸담고 있는 사람들. 그들은 포옹으로 나를 맞았다. 내 옆에는 학년 초 피트 클럽에서 빌리를 구타했던 남학생이 앉았다.

이들 중 하나가 범인일 것이다. 그런 생각을 하며 나는 손톱으로 식탁 아래 판을 세게 눌렀다. 그 바람에 집게손 가락의 손톱이 부러져 피부를 찔렀다.

시합 이틀 뒤 나비 인장이 찍힌 편지가 내 우편함에 들어 있었다. 조시 집에서의 식사에 초대한다는 내용이 적힌 편지였다.

다섯 명 남자가 복싱시합 이야기를 하다 매직 마이크를 흉내내며 웃어댔다. 조시는 자이언트 새우 이야기를 했다. 뭔가 위협적인 것을 기대했는데, 이제 나는 다섯 명 남학 생과 함께 앉아 화이트와인을 마시고 있었다. 그들과 함께 웃고 떠들어야 하는 현실이 역겨웠다.

조시는 나비들은 언제나 서로 돕기로 맹약한 젊은 남자들로 이루어진 클럽이라며, 모든 회원은 특정 기준을 채워야 한다고 설명했다. 자세한 것은 복잡하지만, 기본적으로 모두가 피트 클럽 회원이자 옥스퍼드와의 복싱시합에서 이긴 사람들이라는 공통점을 가진다고 했다.

나비들은 케임브리지 남학생들이 복싱을 한 이래 존재해 왔다고 잡담하듯 가볍게 떠들어댄 뒤 그는 자못 심각한 표정을 지었다.

"밖에서는 아무도 우리에 대해 알지 못해." 조시는 그렇게 말하고는 내 팔을 잡았다.

복싱시합이 끝난 다음날 아침, 샬로테의 법의학소견서 복사본을 내 방 문간에서 발견했다. 누군가 그것을 문 아래로 밀어넣은 것이다.

나는 소견서를 다시 한 번 꼼꼼히 읽었고, 이 밤 조시의 프라이팬 뜨거운 기름 속에서 몸을 비틀며 서서히 붉은 색깔로 익어가는 새우들을 보며 샬로테의 눈물을 떠올렸다. 도저히 새우를 먹을 수 없을 것 같았다.

조시는 샤블리 와인을 따라주며, 나비들이 나를 받아들이려 한다고 말했다. 언제나 다섯 명의 회원이 활동하고 있으며 폴이, 그는 그렇게 이름을 부르며 한 남학생의 어깨에 손을 올렸다, 올해 졸업을 하므로 한 자리가 남는다고 했다. 입회 의식은 오래되었고 약간 별난 의식이, 이 타이밍에 조시는 창밖을 바라보며 다음 말을 이었다, 포함된다고 했다. 그 말을 할 때 다른 남학생들은 미소를 지었다. 조시는 창턱에 있던 테라코타로 만든 정원 장식용 난쟁이를 집어서 위로 던졌다. 난쟁이는 한 번 빙그르르 돌고는 다시금 그의 손에 안착했다.

"아무도 반대하지 않는다고 믿어." 그가 말했다.

나는 사람들을 둘러보았다.

"내가 함께 하고 싶어 하리라는 점을 어떻게 알죠?"

"모든 사람이 원하니까." 조시가 대꾸했다.

나는 고개를 끄덕였다.

"게다가 넌 내 친구잖아?" 조시가 물었다.

나는 잠시 대답을 망설였다. 아무도 말을 하지 않았다. 내가 멈칫거리는 걸 알아채지 못했을지도 모른다.

"물론이죠." 이렇게 대답했지만, 그 말을 뱉어내기가 참으로 어려웠다.

"딩동." 조시가 웃었다.

고급 유리잔들이 딸그락거리는 소리가 나고, 그 중 한 사람이 내가 앞으로도 계속 빌리와 어울릴 것인지 생각해 봤으면 좋겠다고 말했다. 빌리에겐 틀림없이 이가 있을 거라면서⋯. 또 한 사람은 날더러 여름에 취리히의 민영은행에서 실습할 마음이 있느냐고 물었다. 그곳에 자기와 아는 사람이 있으며, 독일어가 모국어이니 내게는 정말 완벽할 거라며.

"새우 더 먹을래?" 조시가 물었다.

"맛있네요." 내가 대꾸했다.

나는 두 마리를 더 먹었다. 새우는 소금과 바다 맛이 났다. 너희들은 죗값을 치르게 될 거야, 나는 혼자 생각했다.

내 방으로 돌아와 책상 앞에 앉은 뒤 쓰지 않은 노트 한 권을 꺼냈다. 잠시 컴퓨터 자판으로 칠까도 생각했다. 그러나 손글씨로 적는 편이 나을 듯했다. 몇 년 만에 처음으로 쓰는 일기였다. *그녀의 이름은 샬로테다.* 이것이 첫 문장이었다.

내가 본래 글쓰기를 좋아했다는 사실을 한동안 잊고 지냈다. 연필이 공책의 줄 위를 미끄러져 내려갔다. 노트를 닫았을 때는 이미 동이 터오고 있었다. 나는 창을 열었다. 오늘 밤 잠은 다 잤다. 공기에서 봄기운이 물씬 느껴지고, 하루를 시작하는 냄새가 났다.

조시

마스크팩은 남자에게도 좋다. 메이크업을 제거할 수 있고, 안색을 젊게 해주고, 수분을 공급해주고, 피부를 탄력 있게 만들어서 쉽게 찢어지지 않도록 돕는다. 이건 복싱에서 특히 중요하다.

동이 터올 무렵 부엌에 혼자 앉아 카모마일과 호호바오일로 된 클렌징 마스크팩이 작용하기를 기다렸다. 내 앞에는 사용한 식기들이 쌓이고, 새우껍질이 담긴 접시가 놓여 있다. 나비들은 새벽까지 머물렀다. 나는 한스가 왜 한순간 망설였는지, 왜 그렇게 일찍 갔는지를 생각했다. 절친이라면 일찍 가지 않는다. 끝까지 남는 법이다. 무슨 일일까? 나는 5년 동안 나비 활동을 했다. 지금까지 입회를 망설인 사람은 아무도 없었다.

마음을 가라앉히기 위해 그동안 내가 따먹은 여자들을 떠올렸다. 이 목록을 돌릴 때면 생각은 늘 금발의 한 여자에게 머물렀다. 몇 년 전 우리가 초대했던 여자. 내가 따먹은 여자들 목록에 그녀가 드는지 안 드는지, 나는 확신할 수가 없다. 그녀가 클럽에 왔던 저녁이 생각난다. 그녀에게서 열기가 느껴졌다.

그 저녁이 어떻게 끝났는지는 잘 기억나지 않는다. 나는 당시 나비가 된 지 몇 달 지나지 않았고, 파티는 꽤나 와일드했다. 샤르트뢰즈를 마시고 코카인을 세 대 반 흡입해서 제정신이 아니었던지라 그 뒤 일들은 단편적으로밖에 기억나지 않는다.

기억 1: 클럽의 변기뚜껑 위에 앉아 있었고, 두 콧구멍에서 코피가 났고, 온 세상을 다 가진 듯한 기분이었던 것. 하지만 이것만으로는 아침에 나의 허벅다리에서 씻어낸 피를 설명해주지 못한다. 내가 허벅지에서 마른 피를 긁어내 냄새를 맡았던 게 아직도 기억난다. 여자 냄새가 나지는 않았다. 다른 애들이 그녀에게 어떻게 했는지 여전히 알지 못한다. 무슨 일이 있긴 했던 듯하다. 입 밖에 내어 말하기에는 매우 심각한 큰 일.

기억 2: 여자 향수 냄새. 그것은 민트봉봉이 섞인 냄새였

다. *La nuit, tous les chats sont gris*(어둠은, 모든 것을 가린
다). 늘 그렇지만 끝내주는 말이다.

한스에게 우리의 정체를 밝혀야 했는데 말이다. 복싱,
네트워크. 그 모든 것은 중요하지 않다. 나비들은 친구다.
약간 동성애스런 냄새를 풍기지만, 이것이 중요하다. 우
정. 그것이 우리의 존재 이유고, 우리가 모든 것을 함께 하
는 이유다. 좋은 것, 나쁜 것을 모두 함께 하는 이유다. 그
것이 하늘색 블레이저나 돈, 여자, 만남 같은 허섭스레기
들보다 훨씬 중요하다. 우정이 중요하다. 한스는 이해할
것이다. 나는 확신한다.
청소부 아줌마를 위해 접시를 식기세척기에 넣었다. 그
녀는 정말 짜증이 난다. 도무지 일을 잘 못한다. 돌대가리
다. 폴란드 출신이니 어련하랴.
먹고 남은 새우껍질로 폰드(육수)를 끓여놓을까 하는 생
각이 잠시 들었지만, 그러기에는 너무 피곤했다. 나는 부
엌 세면대에서 세수를 하고는 침실로 가서 옷장에 붙은 거
울 앞에 섰다. 옷을 다 벗고 알몸이 된 뒤 내가 누구인지
확인했다. 엄지발가락으로 전등을 끄면서 미소 지었다.

한스

빌리와 나는 시합이 끝나고 3주 만에 장터 광장의 분수대 난간에 앉아 감자튀김을 끼운 버터 빵을 먹었다.

"축구한 다음에는 이것만큼 좋은 게 없지. 영국인들이 발견한 죽이는 음식이야." 빌리가 말했다.

밤에 피트 클럽 파티가 열린 뒤 나의 나비 입회식이 있을 예정이었다. 아무래도 술을 많이 마시게 될 것 같았다. 나는 빌리에게 파티에 가기 전에 그와 함께 뭔가를 먹고 싶다고 청했다. 안정이 필요했다. 우리는 시합 이후 만난 적이 없었다. 빌리는 내가 술을 퍼마실 때 두 가지를 주의해야 한다고 당부했다. 바로 탄수화물과 지방.

"약간의 올리브유를 미리 마셔두면 좋아."

빌리는 배낭에서 유산지에 싼 갈색 공 두 개를 꺼냈다.

"스카치에그야(삶은 달걀을 다진 쇠고기로 감싼 뒤 빵가루를 묻혀 튀겨낸 영국의 간식)." 빌리가 말했다.

나는 단숨에 먹어치웠다. 거의 주먹만한 미트볼로, 가운데 반숙 달걀이 들어 있었다. 빌리는 손가락에 묻은 기름을 핥아먹었다.

"최근 내 행동이 이상했다는 거, 나도 알아. 언젠가 모든 걸 이야기할게." 내가 말했다.

"나도 그럴게." 빌리가 장단을 맞췄다.

헤어지기 전 빌리는 배낭에서 밤 한 개를 꺼내 내게 주었다. 누군가 종종 그것을 만지작거린 것처럼 반질반질한 밤이었다.

"행운을 가져다 줄 거야." 빌리가 중얼거렸다.

몇 달 전 별 이유도 없이 내게 말을 걸어왔던 장발의 친구를 나는 바라보았다. 아마도 좋은 만남들은 그렇게 우연히 이루어지는가 보다. 나는 빌리와 악수를 했다.

"고마워." 내가 인사했다.

빌리가 내 손을 꽉 잡았다.

샬로테

피트 클럽에서의 그 밤 이후 4년 간, 나는 거의 매일 아침 내가 다니는 칼리지의 우편함들을 돌아보며 노란 나비 인장이 찍힌 편지가 있는지 살폈다. 하지만 한 번도 눈에 띈 적이 없어 불안했다.

그러다가 한스가 케임브리지로 오기 전 해에 다른 여학생의 우편함에 노란 봉투가 들어 있는 걸 발견했다. 누군가 근처에 있지 않은지 살피고는 우편함에서 봉투를 꺼냈다. 뒷면에 나비 모양 노란 왁스인장이 찍혀 있었다. 나는 그 편지를 주머니에 넣었다.

방으로 돌아오자마자 나는 사시나무처럼 떨기 시작했다. 책상의 왼쪽 서랍을 열어 몇몇 서류와 의사소견서 아래에서 4년 전 내가 받았던 편지를 꺼냈다. 인장은 동일했다. 나는 빵칼로 새 편지를 개봉했다. 필체는 나의 것과 달랐다. 하지만 문구는 같았다.

오한이 나서 나는 오리털 패딩을 입고 방을 나섰다. 이방인처럼 한동안 케임브리지를 걸었다. 역을 지나치며 다음 열차를 타고 런던으로 가서 돌아오지 말까, 망설였다. 어쩌면 새로운 삶을 시작할 수 있을지 모른다.

하지만 나는 알았다. 내겐 이 삶 외에 다른 길이 없다는 것을.

친한 친구 하나와 병원의 의사들 외에 누구에게도 그 밤에 대해 말한 적이 없다. 친구가 내게 일단 고발을 하라고 자꾸 강권한 탓에, 그 친구가 졸업하고 케이프타운으로 떠났을 때 둘 다 마음이 가벼워졌다

의사들은 내게 소견서를 준 뒤 경찰에 연락을 취했다. 몇 주 뒤 케임브리지 경찰국의 여경사에게서 우편물이 왔다. 하지만 나는 초소로 가서 오해였다고 둘러댔다. 그 뒤부터 나는 베개 밑에 망치를 숨겨두고 지낸다.

나는 결코 다시 피트 클럽에 가지 않았다. 아빠가 피트 클럽에서 열리는 졸업생 무도회에 같이 갈 건지 물었을 때 거절했다. 이유는 말하지 않았다.

다른 여학생의 우편함에서 나비 편지를 발견한 날, 나는 가방에서 핸드폰을 꺼내 알렉스에게 이메일을 썼다.

알렉스,

약속을 잡고 싶어요. 박사논문 때문이 아니라 개인적으로 중요한 일이에요. 언제 시간이 되나요? 급한 일이에요. 오늘 중으로 만날 수 있기를 바라요.

사랑을 담아,
샬로테

알렉스

우리는 입시면접에서 답이 존재하지 않는 열린 질문들을 지원자들에게 즐겨 던진다. 시간이란 무엇인가? 우리에게 낯선 사람을 구해야 할 의무가 있을까? 그리고 약간 유행이 지났지만, 이렇듯 평범한 질문 중 내가 즐겨 하는 질문은 바로 이것이다. 백 명을 구하기 위해 한 사람을 죽이는 것은 옳은 일일까?

그러면 비싼 사립 기숙학교 출신 지원자들은 공리주의와 피터 싱어를 언급한다. 언젠가 그 질문을 글로벌 기아와 연관시켜 대답한 지원자도 있었다. 영리한 지원자들은 칸트와 인간의 존엄을 이야기한다. 단 한 인간이라도 목적을 위해 이용하면 인간의 존엄이 침해된다고 말이다.

칸트가 그랬던 것처럼 나는 신을 믿지 않는다. 철학자들이 '존엄성'이라 칭하는 특성으로 말미암아 인간이 다른 동물과 달리 특별한 존재라고도 믿지 않는다.

인간이 비비원숭이와 다른 점은 단 하나, 인간은 복수할 능력을 지닌다는 점이다. 물렸다고 곧바로 되물어주는 대신 인내를 훈련하고, 계획을 짜고, 적절한 때에 실행에 옮기는 능력을 가졌다는 점이다.

나는 샬로테가 좋았다. 그애는 좋은 아이였다. 그리고 재능 있는 미술사학자였다.

샬로테

"샬로테, 내가 널 위해 무얼 해줄 수 있을까?" 편지를 발견했던 날, 알렉스 비르크는 내게 그렇게 물었다. 알렉스는 자신의 집무실 책상모서리에 앉아 있었다. 청바지에 흰 티셔츠 차림. 멋져 보였다.

"그 이야기를 하기 전에 하나만 부탁할게요. 왜 신고하지 않았느냐고 잔소리는 말아주세요." 나는 말했다.

"심상치 않군." 비르크가 중얼거렸다.

나는 가방에서 편지들을 꺼내 테이블 위에 올려놓고 그녀에게 모든 것을 이야기했다.

그녀는 새로운 봉투를 집어서 집게손가락으로 인장을 만져보며 눈을 감았다. 몇 초쯤 그녀는 그렇게 앉아 있었다. 그러고는 비로소 나를 보았다.

"병원에서 으레 하는 테스트를 했어?"

성폭행에서 으레 하는 테스트가 어떤 것인지 알지 못했지만 "네." 하고 대답했다.

"왜 내게로 왔지?"

나는 방에서 텍스트를 네 번이나 연습했다. 그렇지 않으면 금방 울음을 터뜨려버릴 것 같아서였다. 이제 이 질문. 왜 내가 알렉스를 찾아왔을까? 진정한 이유는 그녀가 여자이고, 그녀가 휴가 때 사담 후세인 궁정에 있는 그림들을 구하러 한창 전쟁 중인 이라크에 갔었다는 기사를 읽은 적이 있기 때문이었다. 또한 그녀는 학사를 마친 뒤 케임브리지에 남도록 나를 설득한 사람이기도 했다. 나는 그녀를 좋아했다. 트위드 재킷을 입지 않는다는 점, 맥주를 마신다는 점, 페미니스트라는 점, 영국에서 가장 영리한 여성 중 한 명이라는 점….

학부를 마친 뒤 어디에 취직을 해야 할까, 고심하고 있었다. 친구들은 기업 컨설팅회사와 은행을 선택했고, 한 친구는 M16으로 갔다. 은행에 취직한다는 것이 마뜩찮게 여겨지던 차에, 알렉스가 내게 박사과정을 하는 게 어떻겠느냐고 권했다. 보통 자신은 박사과정생을 받지 않지만 나라면 해보겠노라고 말했다.

아빠는 반대했다. 내게 취직을 하라고 애원하다시피 만류했다. 나는 이미 전시회 디렉터 같은 쪽으로 마음을 굳히고 있었다. 박사학위 없이는 미술관에 취직하는 게 쉽지 않다는 사실도 잘 알았다. 물론 아빠가 손을 써주면 될 테지만, 인맥을 통해 취직자리를 구하기는 싫었다.

케임브리지에서 박사를 하는 게 다른 대학에 가는 것보다 나을 터였다. 여기 남기로 했을 때, 나는 강한 여자가 된 기분이었다. 나는 도망치지 않았다. 하지만 피트 클럽의 하얀 기둥 앞을 지나칠 때마다 심장이 덜컹거렸다.

"왜 내게로 왔지?" 알렉스가 다시 물었다.

"교수님이 부학장이고, 40년 넘게 케임브리지에 몸 담고 있었으니까요. 교수님이라면 도와줄 수 있다고 생각했어요. 교수님을 믿기 때문에."

"경찰에 가고 싶지 않은 건, 진술하고 싶지 않아서?"

"진술은 할 수 있어요."

"하지만 그 구역질나는 과정은 밟고 싶지 않은 거지."

나는 고개를 끄덕였다.

"모든 일은 왜곡되어 세간에 알려지지." 그녀가 말했다.

알렉스는 내 앞에 가만히 앉아 있었다. 그녀가 옳았다.

"뭘 원해?"

피가 얼굴로 솟구치는 것을 느꼈다. 나는 무엇을 원하는 걸까? 중요한 질문이었다. 꼭 시험을 치르는 기분이었다.

"모르겠어요. 정의? 저도 모르겠어요. 다시는 그런 일이 일어나지 않는 것."

알렉스는 나를 가만히 응시했다. 나 역시 눈도 깜빡이지 않고 가만히 있었다.

"정의라…." 그녀가 가만히 되뇌었다. "그래, 그렇게 될 수 있으면…." 모기만한 소리여서 제대로 알아들을 수가 없었다.

그리고 그녀가 다음 문장을 입에 올렸을 때 나는 차마 떨려서 못 들은 척 해버렸다.

"넌 정의를 원하지 않아, 샬로테."

한스

밤 9시에 내 방문을 노크하는 소리가 들렸다. 나는 새 턱시도를 입고 있었다. 이 옷을 입어보던 날 앵거스 페어웰은 내 턱시도에서 아이보리블랙 빛이 난다고 말했다. 바지주머니에는 빌리가 준 밤이 들어 있었다. 조시와 네 명의 나비가 내 방에 들어오기 직전에 나는 진열장에서 50밀리리터짜리 올리브유 병을 들어 단숨에 비웠다. 그들은 생각보다 일찍 왔다. 한 사람이 내가 맨 나비넥타이를 풀러 쓰레기통에 던지더니 자신의 콤비주머니에서 피트 클럽 색깔로 된 나비넥타이를 꺼내서 내 앞에 내밀었다. 그러고는 그것을 뒤집어 보였다. 안쪽에 작은 나비 문양 자수가 놓여 있었다. 나비넥타이를 맨 상태에서는 나비 자수가 보이지 않았다.

피트 클럽으로 가는 길에 조시는 오늘 그곳에서 성 삼위일체 행사가 열린다고 말했다. 이 말인즉슨 여자들이 단세 점의 의류밖에 착용하지 못한다는 의미라고 했다. 구두와 귀고리도 의류에 포함된다면서.

클럽에 가니 거의 모든 여자들이 맨발이었다. 어떤 여자는 비키니 차림이었고, 또 다른 여자는 후드에 토끼 귀가 달린 한 벌 옷을 입고 있었다. 한 사람은 검정색 기다란 원피스에 귀고리 두 개를 착용했다. 남자들은 턱시도 차림이었다. 모두 원칙을 지켰다. 이 여자들은 대체 어떻게 된 것일까?

나비들은 나를 데리고 바로 갔다. 모두가 내게 한 잔씩 선사했고 나는 그것을 단숨에 마셔야 했다. 이번 해에 나는 많은 새로운 음료를 알게 되었다. 케이프 코더Cape Codder(보드카에 크랜베리 주스를 섞은 것), 로브 로이Rob Roy(위스키를 베이스로 하여 스위트 베르무트를 넣어 만든 칵테일), 옐로 재킷Yellow Jacket. 모두가 알코올 맛이 나는 것들이었다.

나비들은 나를 댄스플로어로 이끌었다. 댄스플로어에서 나는 약간 뜀뛰기를 하며 즐기는 척 했다. 값비싼 여성 향수와 데킬라 냄새가 났다. 나는 시간감각을 잃어버렸다. 어느 순간에 밖으로 나가 경계석에 앉았다. 한순간 샬로테가 오는 건 아닐까 두려웠다. 조시가 내 옆에 앉더니 어깨에 팔을 둘렀다. 조시는 종종 내게 신체 접촉을 했다. 그는 자신이 박사를 해야 할 것 같다고 말했다. 그래야 몇 년 더 이렇게 즐기며 복싱을 할 수 있을 거라며.

우리 옆에서 여학생 둘이 마리화나를 피웠다.

"미안한데 숙녀분들, 다른 데 가서 할 수 있겠어?" 조시가 말했다.

새벽 3시가 되자 피트 클럽은 한산해졌다. 조시는 내 옆 책장 앞에 서서, 무리 중 한 여자를 가리켰다. 몸매가 고스란히 드러나는 금색 원피스를 입은 여학생이었다. 친구들과 웃으며 춤을 추고 있었다. 저 원피스 외에 다른 옷도 입었을까 하는 생각이 들었다.

"쟤가 우리 꺼야." 조시가 중얼거렸다.

나는 그 여자애를 빗겨 벽의 목재 내장재를 바라보며 저 나무들이 베어졌을 숲을 상상했다. 한달음에 숲으로 달려가고 싶었다.

"헤이, 브라더. 한 번 더 신선한 바람 쫌 쐬고 와. 너 쫌 맛이 가 보인다. 우리는 바 뒤편 방에 있을게, 오케이?" 조시가 말했다.

나는 고개를 끄덕이고는 홀에서 나갔다. 계단 위에 멈춰 뒤를 돌아보니 조시가 금색 원피스를 입은 여자에게 다가가 팔을 두르는 모습이 보였다. 조시는 그 여자에게 뭐라고 말하면서 그녀를 데리고 바 쪽으로 향했다. 그때 다른 나비 중 하나가 그녀의 어깨를 톡 쳤고, 그녀가 돌아보는 틈을 타 조시가 주머니에서 플라스틱 병을 꺼내 그녀의 잔에 쏟았다. 조시는 다른 나비를 보며 엄지손가락을 위로 치켜올렸다. 그러고는 그 여자의 뺨에 키스를 하더니 귀에 대고 뭐라고 속삭였다. 플라스틱 작은 병은 바닥에 떨어뜨렸다.

DJ가 'Summer of 69'를 틀어준 뒤 음악 소리를 낮추었다. 웨이터와 안전요원들이 클럽을 돌아다니며 손님들에게 이제 마감시간이니 집으로 돌아가 달라고 요청했다. 조시가 금색 원피스를 입은 여자의 손을 잡고 바 뒤 문으로 들어가는 게 보였다. 그녀는 벽에 잠시 기대었다. 한 걸음 한 걸음 옮길 때마다 그녀의 무릎이 휘청거렸다.

이게 무슨 일일까? 나는 정신을 가다듬기 위해 화장실로 들어갔다.

내가 홀로 돌아왔을 때 종업원들까지 다 가버리고 홀은 텅 빈 상태였다. 나는 바로 가서, 냅킨으로 조시가 떨어뜨린 플라스틱 병을 감싸쥐고는 솔기가 비단실로 박음질된 턱시도주머니 속에 넣었다. 그리고 바 뒷방 문을 열었다.

남학생 하나가 안에서 문을 잠갔다. 약 50제곱미터 크기의 방 한가운데에 당구대가 놓여 있었다. 멀리 방 한쪽 끝에 걸린 유리상자가 보였다. 천정 등이 상자를 비추었다. 가까이 가서야 그것이 노란 나비임을 알았다. 그 아래에는 *Ornithoptera goliath, Neuguinea*라는 문구가 적혀 있었다. 나는 손등으로 유리 위를 훑었다.

여학생이 마신 게 무엇인지 모르지만, 그것은 신속하게 작용했다. 그녀는 조시의 뺨을 핥기 시작했다.

"안아줘." 그녀가 말했다.

계속해서 안아달라고 애걸을 하더니 그녀가 제 몸을 쓰다듬기 시작했다. 그녀의 손이 금색 원피스 위로 자신의 가슴과 배와 다리를 더듬었다. 차마 눈뜨고 볼 수가 없었다. 그녀는 충동 그 자체였다.

조시는 그녀를 소파에 앉혔고, 그녀는 그곳에 널브러졌다. 남자들이 원으로 둘러서서 어깨동무를 하고는 가운데로 나를 들여보냈다. 나는 눈을 감았다. 달리 어찌해야 좋을지 알 수 없었다.

"우리를 따라서 말해." 조시가 속삭였다.

그가 고어로 이루어진 선서문을 낭독했고, 나는 그것을 따라 했다. 나중에는 이 한 문장만 기억날 것이었다. *나는 애벌레였다. 클럽이 내게 날개를 달아주었다.*

소파 위의 여자는 고양이 같은 소리를 내기 시작했다. 조시가 그녀를 팔에 안아 번쩍 들어서 당구대 위에 눕혔다. 나는 그녀 앞에 섰다. 그녀가 나를 올려다보았다. 동공이 확장되어 온통 동공만 보였다. 그녀는 다리를 벌려 나의 등 뒤로 감았다.

"아주 진지하네." 그녀가 키득거렸다.

"이름이 뭐야?"

"좋을 대로 불러."

"이름이 뭔데?"

"루시아."

여자 옆 당구대에 조시가 걸터앉아 발을 흔들었다. 그러더니 금색 원피스 다리 부분을 움켜쥐고 확 찢었다. 그녀는 작은 버찌 무늬가 프린트된 슬립을 입고 있었다. 나는 그녀의 다리 사이에 서 있었다. 차마 그녀의 얼굴을 볼 수가 없었다. 그녀가 내 앞 테이블에서 다리를 활짝 벌렸다. 다리 사이에서 열기가 느껴졌다. 그녀가 양팔로 나의 목을 잡고는 내 몸을 끌어내려 혀로 얼굴을 핥더니 입 속으로 혀를 들이밀었다. 그녀는 원하고 있었다. 이 순간 간절히 원하고 있었다.

나는 이 클럽이 싫었다. 그러나 나도 이제 일원이었다.

그녀의 허벅지가 내 바지호주머니에 든 뭔가를 눌렀다. 밤이었다. 나는 한 손을 호주머니에 넣어 손가락으로 밤의 매끈하고 서늘한 표면을 만졌다. 고개를 들어 다시금 벽을 바라보았다.

기억이 났다. 저 유리함 속의 나비랑 똑같은 나비를 어디서 보았는지!

나는 몸을 일으켰다. 그리고 내 등 뒤로 손을 돌려 나를 감고 있던 여자의 다리를 풀었다. 한순간 나의 손이 그녀의 발에 머물렀다. 조시는 내 머리칼에 손을 넣고 부볐다.

"열대우림의 어떤 나비들은 눈물을 먹고 산대. 멋지지 않아?" 조시가 나만 들을 수 있도록 작게 속삭였다.

케임브리지에서 나는 인간이 얼마나 위대한 일을 할 수 있는지 배웠다. 인간은 형식논리학의 토대를 개발할 수 있고, 빛의 속도를 계산할 수 있고, 말라리아 약을 개발할 수 있다. 그러나 케임브리지에서 나는 또한 인간의 본질이 무엇인지를 배웠다. 그것은 바로 육식짐승이었다.

나는 소파에 털썩 주저앉아 조시가 여자 앞에 서서 바지를 여는 것을 보았다. 그녀는 숨을 거칠게 몰아쉬며 "고마워."라고 낮게 말했다.

샬로테와 팔에 난 상처를 생각했다. 샬로테도 이 테이블에 눕혀졌을 것이다. 나의 임무는 내가 스스로에게 죄를 전가함으로써 성취될 것이었다. 더 깨끗한 길은 없었다. 알렉스가 내게 속임수도 때로 옳을 수 있다고 말한 뒤로 깨끗하게 되는 것은 불가능했다. 여자애는 이제 조시에게 성적으로 학대당할 것이고, 나는 법정에서 조시에 대해 증언할 것이다. 그리고 대가를 받게 될 것이다. 나는 이 범죄를 허락해야만 했다. 그렇지 않으면 나비들은 계속할 것이므로. 노인들이 구부정한 몸으로 걷는 이유도 다르지 않은 것이다. 그들이 내린 결정의 무게가 자신의 몸을 굽게 했으므로…. 옳은 결정이었으되 잘못된 느낌이 드는, 그런 결정의 무게로 인하여.

옳고 그른 게 없는 듯한 느낌도 들었다. 모든 것이 회색인지도 몰랐다.

한 트레이너가 이런 말을 한 적이 있다. 오랜 훈련과 많은 시합을 거친 뒤 어떤 복서들은 더 이상 KO를 당할 수 없는 상태가 된다고. 턱에 강펀치를 맞고, 다치지 않으려

신경을 죄다 꺼버린 상태에서도 잠재의식으로 인해 계속 복싱을 하며 쓰러지지 않는다고…. 그런 상태가 지나면 자신의 행동을 더 이상 기억하지 못하는데, 때로 그런 순간이 그들을 구한다고.

나는 스스로 예상한 것보다 훨씬 더 민첩하게 움직였다. 바지를 내린 채 여자 앞에 서 있던 조시는, 내가 엉덩이를 툭 치며 밀자 미소를 지었다. 그러나 나는 그가 기대했던 행동을 하지 않았다. 루시아는 굉장히 마른 몸이었다. 그녀의 다리를 모으고 테이블 위에서 안아올렸을 때 무게가 거의 느껴지지 않았다. 나는 루시아를 안고 앞쪽 문을 통과해 계단을 내려갔다. 여자는 내 품에 누워 있었다. 나비들이 뭐라고 소리치든 알 바가 아니었다. 아무도 나를 따라오지 않는 것이 신기했다. 알렉스는 화를 낼 것이다. 일 년 동안 공들인 일을 내가 지금 모조리 망쳐놓았으니…. 하지만 이제 더 이상 회색은 없었다. 나는 결정했다. 옳은 것과 그른 것은 명백했다.

여학생에게 어떤 칼리지에 사느냐고 물었다.

"클레어 홀, 42호." 그녀가 눈을 감은 상태에서 말했다.

그녀는 내게 몸을 밀착하고 잠이 들었다. 그녀를 안고

골목을 내려가다 보니 얼마 뒤 이두박근이 아파왔다. 힘이 들어서 몇 번 멈춰 쉬었다 가야 했다. 그러나 그녀는 더 이상 눈을 뜨지 않았고, 그때마다 선 상태로 내게 몸을 기대었다. 문을 통과할 때 칼리지의 수위가 내게 윙크를 했다.

42호실은 2인실이었다. 다른 여학생과 같이 방을 쓰는 듯했다. 새벽 4시. 나는 노크를 했다. 몇 분 뒤 샤워가운 차림의 한 여학생이 문을 열었다.

"루시아." 그녀는 그렇게 말했다. 그 말뿐이었다.

"루시아를 좀 보살펴줘요." 내가 부탁했다. "약물을 복용했어요. 그녀가 어떤 행동을 할지 모르겠어요."

나는 루시아를 방으로 데려가 침대에 눕힌 뒤 룸메이트가 뭐라고 묻기 전에 얼른 계단을 내려갔다. 팔이 뻣뻣하고 아팠다.

곧 해가 떠오를 것이다. 나는 방에서 여권과 신용카드를 챙겨 공항으로 가는 전철을 탔다. 핸드폰으로 독일 하노버행 비행기를 예약했다. 티켓 값이 비쌌지만 개의치 않았다.

하노버 공항에 도착한 뒤 내가 자란 고향마을로 가는 직통열차를 탔다. 의자는 푹신했고, 창은 아래로 내려 수동으로 열 수 있는 오래된 기차였다. 나는 여전히 턱시도 차림에 나비넥타이만 푼 상태였다. 달리는 기차에서 얼굴에 바람을 맞았다.

역에 내려 도보 4킬로미터를 걸어 숲으로 갔다. 숲속 집으로 가려면 마지막 구간에 밤나무가 늘어선 길을 통과해야 했다. 이 시간에는 자동차가 지나다니지 않았으므로 나는 길 가운데로 걸었다. 아스팔트가 신발 가죽밑창 아래서 뻑뻑 소리를 냈다. 부모님이 돌아가신 이래 이곳에 처음이었다. 우리가 살았던 숲속 집은 리모델링되었고, 입구에는 신형 SUV 자동차가 서 있었다. 앞마당에는 새롭게 잔디가 깔리고, 예전 붉은 색에 이끼가 덮였던 지붕은 검정타일로 바뀌어 있었다. 나는 문을 두드렸다. 금발의 아이가 문을 열었다. 만 일곱 살쯤 되었을까? 이 하나가 빠진 게 보였다.

아이 엄마가 너무 젊어서 놀랐다. 나보다 더 젊어 보였다. 나는 그녀에게 예전에 이 집에 살았으며 이제 막 근처에 왔노라고 전했다. 그녀는 전 주인으로부터 우리 이야기를 들었다면서, 부모님 일을 마음 아프게 생각한다고 대꾸했다.

"벚나무가 아직 있나요?" 내가 물었다.

"집 뒤뜰에 있는 거요?" 그녀가 되물었다.

나는 집 뒤로 돌아갔다. 유년시절의 기억이 망가질까봐 집 안으로 들어가고 싶지는 않았다. 아이 엄마 역시 들어오라는 말은 하지 않았다.

5월 말이었고 벌들이 윙윙대는 소리가 났다. 벚나무는 족히 3미터는 될 것 같았다. 연분홍 꽃이 만개하고, 한 가지에 그네가 매달려 있었다. 금발 여자아이가 집 벽 뒤에 몸을 숨기고 나를 훔쳐보았다. 아이를 보니 서머싯 집 사진에서 본 샬로테의 어린시절 모습이 떠올랐다. 나는 나무 둥치에 한 손을 짚었다. 아이 엄마가 내게 밝은 색깔의 차를 가져다주었다. 벚꽃차라고, 원기를 북돋워준다고 했다. 뜨거운 물맛이 났다.

나는 나무에 등을 기대고 손짓해서 아이를 불렀다. 아이는 웃었다. 나는 아이의 손바닥에 밤을 놓고는 손가락을 오므려 주었다. 그때 아이 엄마가 밖으로 뛰어나왔다.

"내 딸에게 손대지 말아요!"

높은 금속성 목소리였다.

나는 뒤도 돌아보지 않고 역을 향해 갔다. 다시는 이곳이 오지 않으리라 마음먹었다.

한스

알렉스의 사무실. 테이블에 세 잔의 차가 놓였지만, 아무도 마시지 않았다. 샬로테는 조깅복 차림이었다. 얼굴은 창백하고, 머리는 감지 않은 것처럼 보였다. 그녀를 품에 안아주고 싶었다. 하지만 알렉스가 창가에 서 있었으므로 그러지 못했다.

나는 금색 원피스를 입은 여학생에 대해 이야기한 뒤 바에서 주운 플라스틱 병을 테이블 위에 올려놓았다.

"네가 이 병을 손으로 집었어?"

"아뇨. 지문이 남아 있을 거예요."

샬로테의 뺨에 눈물이 흘렀다.

"엑스터시인 것 같은데." 알렉스가 중얼거렸다. 엑스터시는 흥분과 성적 자극을 유발하고, 많은 경우 기억을 지워버린다고 했다. 알렉스는 실험실에 병을 의뢰해 살펴볼 터이며, 금색 원피스를 입은 여학생도 찾아보겠다고 했다.

"지문은 있지만, 행위가 이루어지지 않았기 때문에 어떤 판사도 형을 선고할 수는 없어요."

"우리에겐 판사가 필요없어. 내가 이곳 유수 일간지의 여성 편집장을 알고 있어. 그거면 충분해." 알렉스가 대꾸했다.

샬로테는 테이블에서 잔들을 치웠다. 찻잔이 받침에 부딪혀 달그락거렸다.

"곧 지나갈 거야." 알렉스가 말했다. 내게 말하는 건지, 샬로테에게 말하는 건지 알 수 없었다.

"한스, 한 가지만 더. 모든 나비의 이름이 적힌 명단이 필요해. 그것만 있으면 이제 다 끝나."

나는 밖을 내다보았다.

"어디서 구하죠?" 그렇게 질문하는 순간, 내가 더 완벽하게 속여야만 한다는 사실을 깨달았다. 옷걸이에서 외투를 집어들고 밖으로 나갔다. 샬로테가 계단실까지 나를 따라왔다.

"팔을 만진 건 정말 미안해요." 내가 사과했다.

"내 잘못이야."

샬로테는 나보다 한 계단 위에 선 채 내 목에 팔을 둘렀다. 그녀에게서 눈물 냄새가 났다. 내가 그녀를 도와주는 걸까, 그녀가 나를 도와주는 걸까.

"모두 내 잘못이야." 그녀가 같은 말을 반복했다.

"누나는 아무 잘못도 없어요."

나는 계단실 창문을 통해 밖을 내다보았다. 몇몇 학생들이 도서관 쪽으로 가고 있었다. 그들이 부러웠다. 샬로테가 내 어깨에 고개를 파묻었다. 작은 움직임이었다.

혼자가 되었을 때 앵거스 페어웰의 사무실로 전화를 걸었다. "한스입니다."

"한스, 반갑네. 샬로테에게 무슨 일 있나?"

"아뇨. 아무 일 없습니다. 제가 런던으로 한번 찾아뵙고 싶어서 전화 드렸어요. 그냥요."

내 목소리를 들으며, 거짓말을 할 때면 목소리가 평소와 달라지지 않을까 걱정했다.

이틀 뒤 페어웰이 자동차를 몰고 킹스크로스 역으로 마중왔다. 전철로도 첼시까지 금방일 텐데. 하지만 페어웰은 너무 복잡하다고 말했다.

"샬리는 어떻게 지내?" 신호등 앞에서 페어웰이 물었다.

"잘 지내요. 이제 박사논문 마지막 부분을 쓰고 있어요."

페어웰이 몰고 나온 차는 샬로테와 내가 몇 주 전 서머 싯으로 갈 때 이용한 재규어였다. 서머싯에 갔던 일이 아 득하게 여겨졌다. 나는 좌석의 낡은 가죽을 손으로 어루만 졌다.

차가 막혔다. 금요일 퇴근시간이었기 때문이다. 첼시에 도착한 페어웰은 집 앞 하얀 자갈길에 차를 세웠다. 페어 웰은 테라스로 가자며, 조이스가 샌드위치를 만들어올 거 라고 했다. 정원에서 막 깎은 잔디 냄새가 풍겨왔다. 나는 이 냄새를 좋아한다.

우리는 열대 목재로 만든 의자에 앉아 있었다.

"내가 도울 일이 있나?" 페어웰이 물었다.

"그냥 한번 다시 뵙고 싶었어요."

내 심장이 쿵쾅거렸다.

바지주머니에서 나는 새 나비넥타이를 꺼냈다. 약간 구 겨진 게 한순간 마음에 걸렸다. 나는 넥타이를 뒤집어 노 란 나비자수를 찾았다. 페어웰은 넥타이를 내 손에서 받아 들어 손가락으로 나비자수를 만졌다.

"젊은 나비로군." 이렇게 중얼거리는 그의 얼굴은 무표정했다.

은쟁반에 오이샌드위치를 담아온 조이스가 음료는 무엇으로 할지 물었다. 페어웰은 탄산수면 된다고 했고, 나도 고개를 끄덕였다. 둘 다 샌드위치에는 손대지 않았다.

"기뻐하실 줄 알았는데요." 내가 말했다.

페어웰은 내게 나비넥타이를 돌려주었다.

"나도 기쁘네, 자네를 위해서. 하지만 걱정되는 이야기를 들어서 말이야. 40년 전 우리 역시 분명 어느 정도 고삐가 풀렸지. 하지만 내가 들은 얘기는 약간 달라."

부엌에서 노랫소리가 나와서 잠시 분위기가 들떴다. 페어웰은 심호흡을 했다.

"우리도 재미를 보았어. 하지만 그땐 오히려 여자들이 우리를 몰고 갔다고 봐야 해. 여학생들 사이에서 우리와 잠자리를 하는 게 일종의 게임이었어."

나는 가만히 있을 수가 없어서 접시 위의 오이샌드위치를 집어들었다. 이곳에서, 이 남자에게서 벗어나고 싶었다. 페어웰이 내 팔을 잡았다.

"여학생에게 무슨 짓을 했나? 자네도?" 그가 물었다.

한순간 나의 턱이 떨렸다. 혼란스러웠다. 페어웰이 방금전 자기들도 재미를 보았다고 한 말을 어떻게 받아들여야 할지 혼돈스러웠다. 나는 고개를 저었고, 페어웰은 고개를 끄덕였다.

"나비가 되면 이상해지는 애들이 있어." 페어웰이 계속했다. "권력은…, 어떤 애들은 그것을 제대로 다루지를 못해. 강해진다는 것은 책임을 진다는 의미야. 알지?"

"저도 그렇게 생각해요"

"복싱과 같아. 우리는 술집에서 누가 째려봤다고 무턱대고 주먹을 쓰지는 않지. 쉽게 해서는 안 되는 일이 있어."

오이샌드위치가 목에 걸리는 바람에 탄산수를 마셔야 했다. 페어웰은 다음 클럽 모임 때 이 주제를 끄집어낼 거라고 했다. 학생들은 졸업하기 전까지 그 모임에 올 수 없으며, 그렇기에 클럽 구성원이 어떤 사람들로 이루어져 있는지 알지 못한다고 했다. 현역들이 여자애들을 성적으로 학대하면 얼마나 많은 사람이 피해를 보게 되는지 모를 거라고도 했다. '학대'라는 단어를 말할 때 그는 목소리를 낮추었다.

"클럽에는 어떤 분들이 있죠?" 내가 물었다. 그냥 지나치면서 묻는 것처럼 위장했으나 잘 되지 않았다.

"비중 있는 인물들이라고 했잖아. 이름이 공개되면 피해를 볼 수도 있어. 하지만 자네야 가족 같으니까…."

그가 몇몇 이름들을 언급했다. 자랑스러워 하는 빛이 역력했다. 아는 이름도 있고, 처음 듣는 이름도 있었다. 사람을 속이는 건 간단했다. 나는 미네랄워터를 마시고는 양해를 구한 뒤 1층 화장실로 내려갔다. 핸드폰에 이름을 메모했다. 모든 이름을 기억할 수는 없었다. 욕실을 떠나기 전에 나는 작별인사로 황금빛 수전을 쓰다듬었다.

페어웰은 복싱 이야기를 더 하면서, 날더러 무조건 링에서 몇 라운드 뛰자고 했다. 나는 코가 아직 온전하지 않으니 여름방학 지나면 다시 오겠노라고 둘러댔다.

오이샌드위치의 가장자리가 말라붙어 있었다. 페어웰이 나를 역까지 태워주겠다고 했지만 난 그냥 전철을 타고 가겠다고 고집했다. 우리는 헤어지면서 악수를 했다.

"샬리에게 내 키스를 전해주게나." 그가 말하며 미소를 지었다.

나는 고개를 끄덕였다. 내 얼굴이 약간 붉어졌다.

문을 지나 걸어가는데 페어웰이 다시 한 번 문을 열었다.

"턱시도는 어떤가?" 그가 외쳤다.

"좋아요, 촉감이 정말 부드러워요. 감사합니다." 내가 외쳤다.

앵거스

이른 아침, 해는 없다. 언제나처럼 또 하루가 시작되었다. 나는 회사로 갔다. 지난 이틀 간 잠을 제대로 자지 못했다. 하지만 아내가 세상을 떠난 뒤 나는 불면증에 익숙해졌고, 요즘엔 오히려 잠을 많이 자면 걱정이 된다. 늙었다는 생각이 들기 때문이다. 어제저녁에는 오랫동안 잠을 이루지 못하고, 한스와 나비들을 생각했다. 한스는 매우 긴장한 것 같았다. 왜 그런지 알 수는 없었다. 샬로테와 그가 커플이 되었나?

　회사에서 시드니의 직원과 전화 회의를 했다. 이자율이 오른다. 모든 것이 좋다. 원래는 늘 모든 것이 좋았다. 나는 이런 상황에 익숙하다. 노트북으로 극장에서 저녁에 어떤 영화를 상영하는지 찾아보았다.

전화벨이 울렸다. 여비서 중 하나가 아래 로비에 알렉산드라 비르크라는 사람이 와 있다고 말했다.

내가 두려워하는, 그래서 종종 상상하는 전화들이 있다. 경찰이 전화해서 샬로테가 교통사고를 당했다고 말한다든가, 의사가 전화해서 내가 혈액암이라고 말한다든가…. 여비서에게서 이런 전화가 올 줄은 상상하지 못했다. 그러나 받는 순간 이 전화야말로 내가 두려워했어야 한다는 걸 퍼뜩 깨달았다. 나는 눈을 감았다.

"알렉산드라." 내가 중얼거렸다.

"올려보낼까요?" 여비서가 물었다.

"아니." 서둘러 대답했다.

전화선 저쪽이 잠깐 조용하더니 여비서가 헛기침을 하고 말했다. "미스 비르크 씨가 나비에 관한 일이라고 전해달라십니다."

여비서가 그 말을 하며 설핏 웃는 듯했다. 문장이 좀 우스웠던 모양이다. 나는 몇 초쯤 침묵한 뒤 "올려보내요."라고 대답했다.

40년 전, 세인트 존스 칼리지. 우리는 파티에서 이야기를 나눈 뒤 잠시 함께 춤을 추었다. 그때 일이 기억에 생생

하다. 그녀는 내게 긴 편지를 썼다. 그녀는 매력적이었지만 약간 기묘한 구석이 있었다. 숏컷 머리를 한 그녀가 복싱 연습실에 와서 트레이닝을 하고 싶다고 했다. 우리는 심지어 한 번 링에서 함께 맞붙었다. 그녀는 굉장히 열심이었다. 테크닉은 없었다. 나는 그녀가 나를 몇 대 치도록 용인해주었다. 굉장히 거칠고 세게 때려서 내가 클린치를 해야만 했다. 그녀가 나의 귀를 물고는 이렇게 속삭였다. "너를 치고 싶어."

나는 피트 클럽 뒷방에 있는 당구대에서 그녀와 잤다. 그러려고 했던 것은 아니다. 하지만 나는 취했고 대마초를 피운 상태였다. 그런 나를 그녀가 댄스플로어에서 끌고 나갔다.

운동으로 단련된 그녀의 몸에는 치모가 거의 없었다. 그것이 당시 내게 상당히 매력적으로 다가왔다. 섹스는 좋았다. 우리는 오랫동안 키스를 했고, 나는 그녀를 당구대에 눕혔다. 바지를 벗기자 그녀가 나를 때리기 시작했다. 나는 잠시 멈칫했다. 그녀가 방어를 하는 것인지 아니면 그녀 특유의 성행위인지 몰랐기 때문이다. 그녀는 아무 말도 하지 않고 나를 쳐다보기만 했다. 그렇게 나를 때리고 나서 갑자기 내게 키스를 했다. 그때 일은 이제 내게 분명해졌다. 그녀는 야수였다. 그럼에도 나는 그녀에게 맞추어주려 애썼다. 그 뒤 내 입술에는 피가 흘렀고, 나는 여전히 흥분상태였다.

　다음날 아침 나의 나비넥타이가 없어진 걸 발견했다. 혹시 그녀가 가져갔나 싶었던 나는 알렉산드라의 방에 찾아가 문을 두드렸다. 아마 나는 그녀를 보고 미소를 지었을 것이다. 우리 둘 다 간밤에 어떤 일이 있었는지 알았으므로…. 내 얼굴의 왼쪽 광대뼈가 붉어졌다. 머리가 지끈거렸다. 하지만 그녀가 허벅지까지 내려오는 통 넓은 흰 셔츠를 입고 문간에 서 있는 것을 보았을 때, 그녀의 방에 들어가야 하는 게 아닌지 헷갈렸다. 나는 그녀에게 나비넥타이를 돌려달라고 말했다. 그런데 놀랍게도 그녀가 울면서 "그러면 안 되는 거였어."라는 말을 반복하는 게 아닌가. 그 순간 나는 섹스는 좋았으나 이 여자는 정말 사이코라고 생각했다. 그녀를 달래주어야 할 것 같았다. 작별하면서 나는 그녀의 이마에 키스를 했다. 그녀가 가만히 있었으므로 이제 안심해도 된다고 해석했다. 속으로는 앞으로 이 여자를 피해 다녀야겠다고 작심하면서. 나는 서둘러 집으로 돌아가 옷을 갈아입은 뒤 라이더 & 에이미로 가서 견본 책의 나비들 견본을 떼어내었다.

저녁에 칼리지의 내 방 창 앞에 서 있는데 알렉산드라가 보였다. 그녀는 건너편 높은 층에 위치한 도서관에 앉아 나를 건너다보고 있었다. 나는 그녀가 보낸 편지를 읽지 않은 채 휴지통에 버렸고, 대학을 졸업한 뒤에는 그녀를 잊고 지냈다.

몇 년 뒤 밤에 자꾸 전화가 걸려왔다. 전화를 받으면 상대는 아무 말도 하지 않았다. 아내가 받으면 얼른 끊었고 내가 받으면 아무 말 없이 수화기만 들고 있었다. 나는 상대가 알렉산드라라는 걸 알았다. 그녀의 숨소리가 맞는 듯했다. 하지만 웃음거리가 될 것 같아 경찰에게 연락하지는 못했다. 어느 날 샬로테의 유치원에 간 나는 알렉산드라가 샬로테와 이야기하는 것을 보았다. 그리고 얼마 뒤 알렉산드라는 나의 정원을 통과해 걸어가면서 창문을 들여다보았다. 법정은 그녀가 나의 반경 500미터 이내로 접근하지 못하도록 하는 접근금지령을 내렸다. 스토커로부터 피해자를 보호하기 위한 법이 비로소 몇 개월 전부터 시행되었다. 이 사실이 언론에 보도되지 않도록 나는 여러 통의 전화를 해야만 했다. 물론 나는 샬로테와 아내에게 이런 이야기가 들어가지 않게끔 각별히 신경을 썼다.

샬로테가 어느 교수 아래서 박사과정을 밟겠다고 말했

을 때, 나는 알렉산드라라는 이름을 다시 들었다. 샬로테를 말렸다. 애원하다시피. 하지만 샬로테는 때로 제 엄마처럼 고집이 세다. 알렉산드라에게 전화를 걸어 어떻게 그럴 수가 있느냐고 따졌다. 하지만 알렉산드라는 매우 사무적인 말투로 샬로테의 일은 과거와 전혀 상관이 없다고 대꾸했고, 그 말을 들은 나는 비로소 안도했다. 그 이후 알렉산드라와 대화를 나누거나 본 일이 없었다.

그러다 몇 달 전 밤에 다시 전화가 걸려왔다. 상대는 아무 말도 없었다. 불안하고 익숙한 숨소리만 들릴 뿐.

나의 사무실에 들어온 알렉산드라는 시선을 내리깔고 마룻바닥만 바라보았다. 손톱은 갓 손질한 듯 매니큐어가 칠해지고, 메이크업은 은은했다. 좀 마르긴 했지만 여전히 아름다웠다. 이런 생각을 하는 나 자신에게 화가 났다.

"알렉산드라. 당신은 당신의 삶을 살아가기로 서로 협의가 되었다고 생각했는데."

"앵거스."

그녀는 내 이름만 불렀다. 그 소리가 마치 주문같이 들렸다. 아니 무슨 저주 같았다. 그것을 어떻게 받아들여야 할지 나는 당혹스러웠다. 그녀가 잠시 나를 바라다보았다.

그러고는 매우 작게 말을 이었다. 아주 힘이 드는 듯, 말할 때마다 그녀의 왼쪽 눈꺼풀이 깜빡거렸다.

"나비에 대해 모든 걸 알고 있어. 그들이 젊은 여자애들을 성폭행한다는 것도. 옛날에 당신이 나를 성폭행한 것처럼 말이지."

나는 그녀 뒤쪽 벽에 걸린 벽시계를 보았다. 15분 후면 뉴욕의 동료와 전화 회의를 해야 할 시간이었다. 그때까지는 그녀를 사무실에서 내보내야 한다. 가능할 것이다.

"난 당신을 성폭행하지 않았어."

"그때 그러지 말아야 했어."

"당신이 먼저 내게 키스했잖아, 알렉산드라."

나는 책상에 걸터앉았다. 약함을 보이기에는 너무 오래 비즈니스맨 생활을 해왔다. 그녀는 오래 전에 내 나비넥타이에 나비문양 자수가 놓인 것을 보았다. 그게 다였다.

"내 말 듣고 있어?" 내가 물었다.

그녀는 대답하지 않았다. 처음으로 당황한 낯빛이었다.

"당신은 아무것도 몰라, 알렉산드라. 아무도 당신을 믿어주지 않아. 당신은 정상이 아니야."

그녀가 다가오더니 내 귀에 이름들을 나열했다. 거물 나비들의 이름이었다. 기업 CEO, 정치인, 은행가. 알렉산드라는 그들의 이름을 말하고 나서 잠시 뜸을 들였다. 그러고는 마지막 이름을 불렀다. 바로 내 이름이었다.

그녀의 숨소리를 들었다. 내 얼굴이 뜨거워졌다. 그녀는 내 앞에 서서 고개를 끄덕였다.

"당신은 못 해." 내가 응수했다.

"나는 많은 것을 할 수 있어."

그녀가 문 쪽으로 갔다.

"뭘 원하는 거야?" 내가 외쳤다. 벽은 두꺼운 불투명 유리로 되어 있었다. 내가 소리를 높이면 비서들에게 들릴 것이다. 나는 지금껏 사무실에서 소리를 지른 적이 없었다.

"카오스 이론 들어봤지?" 알렉산드라가 낮은 목소리로 물었다.

"무슨 소리를 하는 거야? 당신 정말 완전히 돌았군."

"브라질 나비의 날갯짓이 텍사스에 토네이도를 유발할 수 있는가, 하는 문제지."

"그게 나와 무슨 상관이지?"

그녀의 몸은 긴장해 있었다.

"내가 그 나비야."

"뭘 원하지?" 내가 다시 한 번 물었다. 이번에는 낮은 소리로. 그녀는 미소를 짓더니 방을 나갔다.

나는 창에 등을 기대고 앉아 나의 사무실을 둘러보았다. 유리, 철, 벚나무로 된 책상. 나는 61세였다. 이루고자 했던 모든 것을 이루었다. 나는 비서실장에게로 갔다. 보통은 전화로 말을 했다. 해결할 일이 있으니 며칠 간 모든 일정을 취소해달라고 이야기하자 그녀는 걱정스런 표정으로 나를 바라보았다.

엘리베이터를 타고 아래로 내려가 킹스크로스 역으로 향하는 지하철을 탔다. 지하철 안에서 끈적끈적한 철봉을 잡고 서 있었다. 만원이고 더웠다. 누군가 일회용 용기에 담긴 아시아국수를 먹고 있는 듯, 냄새가 진동했다. 모든 것이 그리 나쁘지 않다고 스스로를 설득하려 했다. 하지만 그것이 거짓말이라는 사실을 잘 알았다. 내 뒤에서 한 아이가 재채기를 했다.

알렉스

목적 없이 거리를 걸었다. 앵거스는 굉장히 놀란 듯했다. 처음에 그는 내가 얼마나 변했는지를 확인하려는 듯 나를 훑어보았다. 그 눈빛을 마지막까지 유지하지는 못했지만. 그 면상을 감상하기 위해 좀 더 머무를 걸 그랬나.

앵거스, 당신은 틀림없이 이탈리아 화가 젠틸레스키가 그린 '홀로페르네스의 목을 베는 유디트'라는 그림을 알 거야. 모른다면 참고로 젠틸레스키는 여성 화가지. 그림 소재는 구약의 외전에 실린 이야기에서 유래하지만, 여기서 묘사된 유디트는 실은 화가 자신이었어. 아르테미시아 젠틸레스키는 열아홉의 나이에 스승에게 겁탈당해 처녀성을 빼앗겼어. 그리고 스승의 죄를 입증하는 재판에서 그녀는 다시 한 번 깊은 모욕을 당해야 했지. 재판관들은 엄지손가락 주리틀기 고문을 가하고, 공식적으로 처녀막 검사까지 받도록 했어. 이 그림…, 아마 당신은 이 그림을 알 거야. 당신 정도 지위를 가진 남자들은 예술에 대해 좀 아니까. 이 그림은 유디트가 홀로페르네스의 목에 비수를 꽂고 막 목을 자르려는 순간을 보여줘. 지금껏 그림이 포착한 복수 묘사 중 단연 최고야. 힘의 표현과 색깔의 깊이는 범접할 수 없는 수준이지. 이 그림을 여자가 그렸다는 사실이 우연은 아닐 거야. 안 그래. 앵거스?

40년 전 그가 처음으로 내게 말을 걸던 때가 어제 일처럼 생생하다. 그는 내게 어디서 학교를 다녔느냐고 물었고 내가 북쪽의 공립학교 출신이라는 사실이 그리 중요하지 않다는 듯 행동했다. 나는 그가 춤추는 모습이 마음에 들었다. 나는 복싱 연습실에 갔고, 복싱에 매료되었다.

피트 클럽의 뒷방으로 그를 이끌었던 그 밤, 나는 그와 키스를 하고 싶었다. 키스를. 우리는 오래오래 키스했다. 아주 좋았다. 그런데 그가 바지를 벗겼다. 내가 원치 않는 일이었다. 나는 온 힘을 다해 그를 때렸다. 그는 너무 강했다. 나는 그의 얼굴에 대고 소리를 지르고 싶었다. 도와달라고 비명을 지르고 싶었다. 하지만 겁에 질려서 소리가 되어 나오지 않았다. 소리를 지를 수가 없었다. 하는 수 없이 그의 입술과 얼굴을 쳤다. 그는 나의 손목을 잡아 내 팔을 등 뒤로 돌렸다. 내가 반항을 하면 할수록 더 아프게 옮죄었다. 어느 순간 나는 포기한 채 끝나기만을 기다렸다. 오래 걸렸다. 그가 내 목을 물었다. 하복부가 너무 아파서 주의를 다른 쪽으로 돌리려 애썼다. 목에서 그의 침을 느꼈다. 그가 나를 죽일까봐 두려웠다. 그래서 다시 키스를 했다. 차라리 실신하기를 바랐지만 그것도 쉽지 않았다. 나는 내내 벽에 붙은 나비를 보고 있었다. 그렇게 나는 속으로부터 갈기갈기 찢겼다. 행위를 끝낸 뒤 그는 소파에 누워 잠이 들었고, 나는 그의 나비넥타이를 가지고 왔다. 특별한 뒷생각이 있었던 건 아니다. 안쪽에 나비자수가 있는 넥타이였다.

다음날 그가 내게로 왔다. 왜 문을 열어주었는지 모르겠다. 그는 가기 전에 내 이마에 키스를 했다. 그가 다시 한번 나를 겁탈할까 두려워 몸을 움직일 수조차 없었다. 몸이 굳어버린 듯했다.

며칠 뒤 나는 그에게 편지를 썼다. 편지에서 내게 왜 그렇게 했는지를 물었다. 나는 그를 관찰했다. 내가 결코 잊지 않는다는 걸 그에게 알려주고 싶었다. 경찰에 가려는 생각은 들지 않았다. 나는 일말의 죄책감을 느꼈다. 내가 그에게 잘못된 신호를 주지 않았나? 여러 해 뒤 한 치료사가 나에게 성폭력에는 여러 형태가 있으며, 피해자는 종종 죄책감에 시달린다고 말해주었다. 그제야 나는 모든 게 그의 잘못이었음을 깨달았다. 그 뒤로 그의 입이 자꾸 내 목을 더듬는 악몽이 시작되었다. 잠결에 그를 잡아 떼어놓기 위해 내 목을 마구 쥐어뜯었다. 피로 물든 베개에서 깨어난 어느 밤, 나는 처음으로 그에게 전화를 걸었다. 언젠가는 나도 안식을 찾을 날이 오리라고 믿었다.

수강자 명단에서 샬로테의 이름을 보았을 때도, 나는 아무 계획이 없었다. 하지만 내 목표에 다가갈 수 있을지 모른다는 느낌이 왔다. 그런 남자가 어찌 이리도 놀라운 딸을 둘 수 있는지, 정말 수수께끼. 샬로테는 그와 정반대였다. 그리고 그도 진실을 알아야 할 것이었다.

내가 느꼈던 것을 그도 느끼기를. 도구가 되는 느낌⋯. 그것이 무엇인지를 그가 느껴보기를. 그게 전부였다. 더이상 자신의 삶을 스스로 통제하지 못한다는 게 무엇인지 그도 알아야 할 것이었다.

나는 달리고 싶었다. 강한 사람이 된 듯한 기분이었다.

나는 이제 59세고, 다시금 마라톤을 해도 늦지 않은 나이였다. 아직 몇 번은 더 달려야 직성이 풀릴 것 같았다. 점심식사를 위해 은행 건물에서 남자들이 쏟아져 나오고 있었다. 나는 이들을 피해 걸었다. 회색 양복들을 스쳐 지나갔다. 내 걸음은 더 빨라졌다. 그러다가 어느 순간 전속력으로 달렸다. 굽 높은 힐을 신었지만 상관없었다. 모든 것이 결국 이렇게 짜맞춰진 게 우연은 아닐 터였다. 사실 나는 우연 같은 건 없다고 믿었다. 마치 생명이 걸린 듯 나는 달렸다. 가쁜 숨을 쉬면서 산소를 내 폐로 받아들였다. 나는 계속 달렸다. 남자들이 내게 길을 비켜주는 것이 보였다.

앵거스

역에서 시내까지는 멀지 않았다. 카페와 칼리지를 지나고, 아무 일도 없는 듯 태연히 웃는 사람들 곁을 지나쳤다. 나는 그들을 쳐다보지 않았다.

샬로테에게 전화를 걸었다. 하지만 신호음만 갈 뿐 전화를 받지 않았다. 만일을 위해 샬로테가 내게 준 여분의 방 열쇠가 가방에 있었다.

벨을 눌러도 응답이 없자 나는 열쇠로 문을 땄다.

"안녕 샬리?"

바닥에 옷가지들이 있고, 서랍 몇 개가 열린 상태였다. 나는 샬로테의 책상으로 다가갔다. 알렉산드라가 샬로테에게 무슨 편지를 주거나 이야기를 했을까 봐 겁이 났다. 밖에서 다시 사람들의 웃음소리가 들렸다. 모든 사소한 것들이 내겐 메타포처럼 여겨졌다. 금이 간 꽃병, 태양을 가린 구름, 창문 앞의 고독한 밤나무. 히터에서 딱딱 소리가 나자 나는 화들짝 놀라 몸을 움츠렸다. 양복이 답답하게 느껴졌다.

열린 책상 서랍에 놓인 사진들이 보였다. 나는 몇 장을 꺼냈다. 한 장은 우리 부부와 샬로테의 모습이 담긴 거였다. 샬로테가 열다섯 살 때였을 것이다. 나는 샬로테의 얼굴을 쓰다듬었다. 그 사진을 내 콤비주머니에 넣었다. 아래쪽 서랍을 여니 노란 나비 인장이 찍힌 두툼한 봉투가 보였다. 그 아래 의사소견서가 놓여 있었다.

법의학 소견서

샬로테 마리아 페어웰에게서 확인된 상해와 GHB(감마히드록시부티르산. 일명 물뽕: 마약으로 이용되는 불법 화학물질) 투여와 관련하여.

경위: 페어웰 양은 전날 밤 파티에 갔었고, 술을 마셨다고 했다. 그리고 다음날 아침 들판에서 깨어났다고 했다. 어떻게 들판에 있게 되었는지 기억이 나지 않고, 속치마와 스타킹은 피로 얼룩져 있었기에, 자신이 성폭행을 당한 게 아닌지 걱정했다. 아울러 하복부의 통증을 호소했다.

법의학적 감정 결과: 본인의 언급에 따르면 페어웰 양은 신장 170cm에 체중 71kg. 오른손잡이다. 페어웰 양은 정신이 맑았고, 방향감각도 온전했으며, 심리적 특이점은 발견되지 않았다.

증거 보존: 의문스런 물린 자국이 있어 롤러를 이용해 은박지에 옮김. 질 입구 앞뒤쪽과 자궁목 부분은 솔을 통해 증거 보존. 비교 견본을 위해 점막세포 채집. 혈액 및 소변 검사.

판정: 감정 시점에 만 19세인 페어웰 양에게서 얼굴, 팔, 둔부에 둔기에 의한 외상이 관찰되었다. 왼쪽 입술의 상처는 이를 앙다물고 있는 상태에서 구타를 당한 흔적으로 보인다. 왼쪽 유두의 상처는 외과의사의 소견에 따라 물린 상처로 확인되었다. 손목 부분에 원형으로 생긴 피부 홍반은 도구를 이용해 손목을 고정시켜 놓는 과정에서 발생한 것으로 추정된다. 양쪽 둔부 넓은 범위의 피하출혈은 둔기에 의한 외상의 결과이다. 둔기로 여러 차례 구타당했을 것으로 짐작된다.

산부인과 검진 결과 질 입구 점막이 상당히 깊이 찢어진 것이 관찰되었다. 이는 도구 삽입에 의한 것으로 추정된다.

정액분비물에 대한 PSA 반정량semiquantitative 검사법을 통한 테스트 결과 음모에서는 양성으로, 질 내용에서는 음성으로 나왔다. 최소한 두 남성의 정액이 검출되었다. 추가적인 분자생물학적 검사가 요망된다. 해당하는 독물검사 결과(별도의 결과지를 보라) 검사 시점에서는 알코올이나 약물. 마취제는 검출되지 않았다. 소변의 GHB도 검출되지 않았다. 이 결과는 루피스roofies의 투여를 배제하지 않는다. 검출은 보통 혈액의 경우 6시간 이내. 소변은 12시간 이내만 가능하기 때문이다.

나는 노란 나비 인장이 찍힌 봉투를 서랍에서 꺼냈다. 봉투는 비어 있었다.

저녁에 샬로테가 들어왔다. 샬로테의 발자국 소리가 들려왔을 때, 나는 책상의자에 앉아 인장이 찍힌 봉투를 손에 들고 있었다.

"나도 그들 중 하나야." 샬로테가 뭐라고 입을 떼기 전에 내가 말했다. "나는 나비야."

샬로테는 내 손에 들린 편지봉투를 내려다보았다. 샬로테가 뭐라고 말을 했지만 알아들을 수 없었다. 울음 때문에 목소리가 제대로 나오지 않았다.

"왜 나를 지켜주지 않았죠?" 샬로테가 물었다.

나는 샬로테를 바라다보았다. 내 딸…. 샬로테의 금발 머리칼을 보니 죽은 아내가 떠올랐다. 내 속에서 뭔가가 산산이 부서져내렸다.

"미안해." 나는 고개를 떨구었다. 샬로테에게 제대로 용서를 구할 수가 없었다.

밖으로 나갔다. 무슨 일이 일어난 것인지 도무지 머릿속이 정리되지 않았다. 단 하나 확실한 점은 이제까지의 삶은 더 이상 존재하지 않는다는 사실이었다. 복도에서 나는 젊은 아시아계 학생과 부딪혔다. 피트 클럽의 나비넥타이를 매고 있었는데, 약간 광대처럼 보였다. 다음 순간 나는 화들짝 놀랐다. 그가 나를 밀치며 면전에 대고 소리쳤기 때문이다.

"조심 좀 하시지. 나이든 양반이."

나는 샬로테의 기숙사 문앞에 주저앉아 문에 등을 기댔다. 고개를 떨구었다. 내가 언제나 자랑스럽게 여기던 은빛 금발이 얼굴을 가렸다. 나 자신에게 구역질이 났다.

조시

늦은 월요일 아침, 물가에서 산책. 훈련하는 조정 선수들 구경하기. 나는 얼마 전부터 이런 산책을 해왔다. 심심하고 지루했다. 하지만 혼자 산책하는 것이 스타일리시하다는 생각이 들었다. 게다가 낮은 맥박수의 운동이 건강에 유익하다고 하니까. 얼마 전 한스가 혼자 조깅하는 것을 보았다. 나도 혼자 산책하는 복서가 되고 싶었다. 사람들이 나에 대해 '그놈 혼자 산책하던데'라고 이야기하는 건 상상만으로도 맘에 든다. 멋진 스토리.

클레어 칼리지 조정 선수들이 박자에 맞춰 노를 저으며 내 곁을 지나갔다. 박자가 척척 맞는 것이 늘 놀랍다. 나는 조정경기 자체에는 별 매력을 느끼지 못한다. 상하 한 벌 운동복도 좀 그렇지 않은가. 무슨 동성애자들도 아니고.

하지만 배 안의 안정감은 멋지다. 개개인이 복종함으로써만 가능한 것이었다. 한스와 나도 그러했다. 우리는 연결되어 있었다. 두 조정선수들처럼 한 배를 타고 있었다. 체급도 다르고, 서로 다른 시간에 복싱을 했지만 그러했다. 며칠 전 복싱시합 승리도 공동의 것이었다. 얼마 전, 한스는 클럽에서 약간 정신 나간 행동을 보였다. 그 여자애를 혼자 독차지하려 했단 말이다. 하지만 그가 여자애를 안고 나가던 모습은 뭐랄까 굉장히 우스워서, 우리는 그가 나간 뒤 한참 동안 낄낄거렸다. 이 아침 산책을 하면서 이런저런 생각을 했다. 아울러 예전에 어디선가 읽은 내용도 떠올렸다. 말들은 아파도 소리를 지르지 못한다던가…. 인간에게 적용해보면 꽤 매혹적인 얘기다.

오늘 일찌감치 내가 실습할 은행에 전화를 걸어, 긴급연락처로 가족 말고 다른 사람 전화번호를 써도 되느냐고 물었다. 전화 받은 사람은 약간 당황했지만 '한스 슈티힐러'라는 이름을 받아 적었다. 밤!

전화를 끊은 지 몇 분 뒤 한스에게서 메시지가 왔다. 신기한 우연이다. 그는 사우스 윙에 있는 대도서관 4층 'Na'에서 'Nav' 사이 서가 앞에서 나를 기다리겠노라고 했다.

이 도서관에 자발적으로 간 일은 거의 없다. 시내 서쪽에 위치한, 탑이 있는 못생긴 건물이었다. 탑은 흡사 볼썽사나운 스탠드처럼 보였다. 대학 신입생일 때 한 친구가 대학 내 포르노 서적은 전부 그 탑 안에 숨겨져 있다더라고 얘기하는 바람에 직접 가서 확인한 뒤 그 말을 곧이곧대로 믿은 내가 바보라며 부끄러워했던 기억이 있다.

한스는 서가 사이에 서서 손등으로 책등을 훑고 있었다. 다른 사람이 그랬더라면 밥맛없었을 텐데. 한스는 그것마저 쿨한 느낌이었다. 한스는 평소와 좀 달랐다. 청바지에 후드티를 입고 운동화를 신었다. 얼굴은 며칠 전부터 면도를 하지 않은 듯 수염이 돋아나 있었다. 멋진 녀석. 나도 좀 수염을 길러볼 수 있으련만, 그런 생각까진 미처 못 했다. 하지만 한스가 평소와 달라 보이는 건 외모 때문만은 아니었다. 그는 피곤한 동시에 매우 각성되어 있는 것 같았다. 악수할 때 힘을 꽉 쥐었고, 평소보다 손을 약간 더 오래 잡았다.

"그날 밤을 망쳐서 미안해요." 그가 말했다.

"아, 금발 여자애를 독차지한 거? 뭐, 괜찮아."

우리는 아래쪽 열람실로 갔다. 열람실은 층고가 11미터에 달했다. 벽에는 아치형 창문이 있어서, 따스한 햇살이 열람실 안으로 비쳤다. 열람실 직원이 떠드는 사람이 없도록 감독하고 있었다. 공기에서 책 먼지 냄새가 났다. 코 점막은 좀 건조해지겠지만, 이 냄새는 굉장히 기분이 좋았다. 책 접착제 냄새는 때로 여자 거기 냄새랑 비슷하게 느껴진다.

한스는 테이블 앞에 앉아 의자를 당겼다. 바닥에서 나무 삐걱대는 소리가 나자 열람실 직원이 곧장 집게손가락을 올렸다. 케임브리지는 이렇게 우스웠다.

한스는 가방에서 하얀 종이 한 장과 만년필을 꺼냈다. 나는 그것을 보며 미소를 지었다. 어릴 적 몇 시간이고 책상 앞에 앉아 뭔가를 끼적이곤 했다. 내 필체를 감상하기 위해서였다. 나는 필체를 얼마나 변형시킬 수 있는지 시험하고 싶었고, 그것에 자부심을 느꼈다.

한스가 만년필 뚜껑을 열었다.

내가 왜 그 여자애를 데리고 갔는지 알아요?

한스가 썼다.

"그냥 말로 하지 그래?" 내가 속삭였다. 그 순간 제길, 열람실 직원의 눈썹이 단번에 치켜 올라갔다.

한스가 집게손가락으로 자신이 쓴 문장을 톡톡 쳤다.

내가 왜 그 여자애를 데리고 갔는지 알아요?

응.

나는 파란 잉크의 볼록한 알파벳으로 그렇게 적었다. 그러고는 만년필을 한스에게 건넸다. 우리의 손끝이 서로 닿았다.

왜?

그가 썼다. 나는 조용히 웃었다. 이렇게 우스운 놈이 나는 정말로 좋았다.

그건 네 밤이었으니까.

한스는 오래도록 종이를 내려다보더니 종이를 약간 밀어놓고 이마를 찌푸렸다. 다른 학생들이 책장을 넘기는 소리가 났다. 홀의 반대편에서는 한 여학생이 노트북 자판을 치고 있었다.

정말 흥미로운 필체를 가지고 있네요.

한스가 다시 썼다.

지금까지 선생님들 외에는 이런 말을 한 사람이 없었다. 한스는 정말로 다른 놈이었다. 어쩌면 우리는 여름에 콘월에서 함께 실습을 할지도 모른다.

나는 만년필을 들어서 예쁘게 쓰려고 노력을 했다.

고마워, 친구Danke, mein Freund.

나는 독일어로 그렇게 썼다. D자는 특히 구불구불하게,

필기체로 멋스럽게 적었다. 밤!

한스는 만년필 뚜껑을 닫고는, 그 종이를 손에 들고 일어났다. 우리는 열람실을 나가 서가 사이를 약간 돌아다녔다. 앞으로 좀 더 자주 도서관을 드나들어야겠다. 엄청 고요하고 좋았다. 위쪽의 공기는 약간 더 습기를 머금고 있었다. 책장에서 음식에 브랜디를 붓고 잠깐 불을 붙여 향이 스미도록 하는 요리법을 소개한 책 한 권을 꺼내 냄새를 맡았다. 한참 냄새를 음미하다 고개를 드니 한스는 사라지고 없었다. 여름에 녀석에게 편지를 써야겠다. 나는 사실 나비들을 좋아하지 않는다고. 그들이 나로 하여금, 한때 애벌레였음을 상기시키기 때문에…. 한스는 틀림없이 그 말을 마음에 들어할 것이다.

빌리

리치몬드(런던에서 가장 부유한 동네)에 있는 부모님의 집에서는 따뜻한 이스트 냄새, 풀 먹인 면식탁보 냄새, 펜할리곤 향수 냄새, 개당 80파운드짜리 향초 냄새, 오렌지, 진, 오래된 화폐 냄새가 났다.

나는 엄마와 아침 식탁에 앉아 있었다. 엄마가 모처럼 크럼펫을 굽는다며 차를 보내줘서 집에 들렀다. 요리사는 하얀 도자기 접시에 마멀레이드를 덜어왔고, 바구니에는 크럼펫을 담아왔다. 식탁 한가운데 3단 접시에 프랑스 치즈들이 놓여 있었다. 엄마의 치즈 취향은 꽤나 까다로워서 오베르뉴에서 만든 치즈만을 고집했다.

엄마는 며칠 전 한 남자가 밖에서 부엌을 엿본 뒤 벨을 눌렀다고 이야기했다. 영화제작사에서 일하는 남자로, 새로운 브리짓 존스 영화를 찍을 집을 물색 중이라고 말하더란다. 화덕이 벽에서 분리되어 있고, 천정이 유리로 된 부엌이 완벽하다면서 이 집을 한 달 동안 영화 촬영장소로 임대하고 싶다고 했다는 것이다. 그 기간 동안 가족들은 사보이 호텔에서 지낼 수 있으며, 불편을 끼치는 대가로 네 자리 액수의 돈을 주겠다면서. 엄마는 공손하게 감사를 표하고는 문 옆에 대기하던 집사에게 명함을 건넨 뒤 테니스를 치러 다녀왔다고 말했다.

크럼펫은 정말 맛있었다. 얼마나 먹고 싶었는지 모른다. 나는 하늘색 블레이저를 입고 있었다. 머리는 갓 감아서 묶었다. 엄마는 나의 팔을 쓰다듬으며 아빠가 나를 얼마나 자랑스러워 하는지 모른다고, 안부를 전하라 당부했다고 말했다. 그러니까 아빠의 자랑스러움이란 내가 온다고 해서 집에 머물 만큼 크지는 않은 거였다. 그는 아침 일찍 출근했다고 엄마가 말했다. 나이지리아의 파이프라인 개발과 관련해 처리해야 할 일이 있다면서.

"알아요. 안되셨군요, 아들이 집에 오는데 파이프라인이나 손봐야 하다니."

우리는 여름휴가에 대해 이야기를 했다. 나는 콜롬비아에 가고 싶었지만, 엄마는 너무 위험하다고 생각했다. 엄마는 대신 바베이도스에 방갈로를 몇 개 빌려놓았다며, 그곳도 충분히 안 좋을 거라고 농담을 했다. 복싱 클럽의 그 독일 친구도 일주일 정도 들러갈 수 있을 거라며.

나는 미소를 지었다. 한스의 거짓말을 알아챈 날이 떠올랐다. 그날 병원에 갔을 때. 나는 취해 있었지만, 독일 여권 속의 이름을 기억해두었다. 꽤나 의아했다. 이야기를 아무리 이리저리 조합해도 어떻게 된 건지 가늠할 수는 없었다. 하지만 나도 잘 알았다. 때로는 다른 사람인 척 하는 쪽이 더 쉽다는 걸.

마지막으로 만났던 날, 시장 광장 분수대에 앉아서 한스는 내게 물었다. 그날 이후 나는 한스의 질문에 대해 생각하는 중이다.

"진실이란 건 무엇일까요?" 그가 물었다.

뭐라고 대답할지 몰라서 나는 침묵했다. 하지만 그 질문이 계속 뇌리를 맴돌았다. 지금 생각해보니 그 말은 마치 작별인사처럼 들렸다. 한스를 앞으로 다시 볼 수 있을까?

"진실이란 건 무엇일까요?" 나는 엄마에게 물었다.

엄마는 자신의 크럼펫에 레몬커드를 발랐다.

"진실은 이 크럼펫이 매우 성공적이었다는 거지."

엄마가 대답하며 미소를 지었다. 그러고는 쓸데없는 것에 골머리 앓지 말고, 딸기나 몇 개 더 먹으라고 했다. 나는 엄마의 손을 잡고는 손 위로 불거진 파란색 혈관과, 파란 보석이 박힌 금반지를 보았다. 엄마는 나를 진지하게 쳐다보았다. 엄마는 한순간 자신의 가면을 포기했다. 나는 그럴 때의 엄마가 좋았다. 엄마는 나랑 비슷했다. 방향만 반대일 뿐이었다. 그녀는 종일 포트넘 & 메이슨에서 티를 마시고 해롯 백화점에서 속옷을 사는 레이디를 연기했다. 하지만 나는 그것이 삶을 견디는 엄마만의 방식임을 알고 있었다.

"빌리, 진실은…. 우리가 그것이 진실이라고 믿을 때까지 오랫동안 말해온 이야기들이란다." 엄마가 말했다.

다시금 미소가 돌아왔다. 완벽했다. 내 연기는 엄마에게서 물려받은 것이리라.

나는 고개 들어 위를 바라보았다. 유리지붕 위로 회색 구름이 낮게 드리워져 있었다. 나의 하늘색 블레이저가 구름 색깔과 예쁜 대비를 이루었다. 진토닉을 마시기에는 시간이 너무 이를지도 모른다. 하지만 엄마는 나를 이해할 것이다. 나는 구석에 서 있던 집사에게 눈짓을 해서, 레몬 두 조각과 진토닉 한 잔을 가져다 달라고 했다.

"비타민 때문에."라고 나는 둘러댔다.

엄마는 웃으면서, 그렇다면 레몬커드를 무조건 한번 먹어봐야 한다고 대꾸했다. 아말피산 레몬이 올해는 특히나 맛있다면서.

한스

호텔 직원이 청소를 하기 위해 문 틈으로 얼굴을 들이밀었을 때에야 깨어났다. 햇빛이 빈 매트리스에 떨어지고, 흐트러진 이불이 내 옆에 있었다. 침대 옆 협탁 위에는 줄 없는 갈색 공책이 놓여 있었다. 간밤에 나는 공책에 오랫동안 글을 끼적였다.

발아래 느껴지는 발코니의 돌들이 따뜻했다. 나는 발가벗은 몸에 붉은색 금목걸이만 착용한 채, 아침햇살을 받으며 발코니 의자에 앉았다. 손에는 샬로테의 노트북이 들려 있었다. 노트북을 무릎에 놓고 균형을 잡았다.
영국의 굵직한 일간지 인터넷판에서 나비들의 이야기를 읽었다. 내가 알렉스에게 이야기해준 모든 내용이 빠짐없이 실려 있었다. 알렉스가 이야기를 참 세세히도 기억했구나 싶었다. 기사 옆 사진에는 왁스로 된 노란 나비 인장이 찍혀 있었다. 언급된 모든 남자들은 연락이 닿지 않거나 언급을 회피했다고 쓰여 있었다. 앵거스 페어웰도 침묵했다. 증거가 없는 한, 이들은 무죄라고 기자는 썼다. 마지막에는 현역 나비들의 이름이 열거됐다. 한스 슈티힐러라는 이름도 포함돼 있었다. 짧은 기간 나였던 이름.

나는 샤워를 했다. 속옷을 입고, 일주일째 내리 입고 있는 청바지를 걸쳤다. 그러고는 맨발로 아래로 내려갔다. 이곳에 오자고 제안한 것은 샬로테였다. 모든 것을 떨쳐버리고 훌훌 떠나고 싶다고 했다.

우리는 비행기를 타고 베로나로 왔고, 작은 차를 빌려 가르다 호수 서쪽 연안을 따라 달렸다. 내가 운전대를 잡고 샬로테가 조수석에 앉았다. 샬로테는 계기판 위로 다리를 올렸다. 샬로테는 우측통행 방식으로 운전하는 게 자신 없다면서, 창문을 내려 손을 살짝 밖으로 내밀고는 바람을 쐬었다. 샬로테가 편안해 보여서 놀랐다.

가르도네 리비에라에서 그녀가 우회전하라고 하더니 붉은 대리석으로 된 저택 앞에 차를 세우게 했다. 샬로테는 이 집이 무솔리니가 연인과 함께 2차 대전이 끝나기를 기다렸던 장소로, 지금은 호텔이라고 알려주며 일주일치 숙박료를 미리 지불했다. 수전이 금도금되어 있었다.

나는 테라스를 넘어 호수 중앙을 향해 길게 뻗은 데크 위에 앉았다. 따뜻한 나무와 해조류 냄새가 났다. 흰 장갑을 낀 여직원 한 명이 에스프레소 한 잔을 가져다주었다. 신선하게 로스팅한 케냐 커피콩으로 꽃 향과 약간의 자몽 향미가 느껴질 거라고 설명했지만 내겐 커피 맛만 났다. 달콤한 아몬드쿠키를 커피에 찍어 먹으니 좋았다.

햇살을 받으며 다시 한 번 나를 이곳까지 이끈 사건들을 하나하나 떠올렸다. 나를 내가 아닌 다른 사람으로 알았던 케임브리지의 남학생들이 생각났다.

빌리는 내가 피트 클럽의 나비넥타이를 얻기 전에 말을 걸어주었다. 그가 알았던 내가 진짜 내가 아니었음을 어떻게 설명할 수 있을까. 하지만 빌리는 이해할 것이다. 친구란 그런 거니까.

간간이 알렉스 얼굴도 떠올랐다. 케임브리지에서 처음 만났을 때 알렉스가 "아직도 복싱 하니?"라고 물었던 일이 자꾸 생각났다. 나비들이 복싱 클럽과 관계 있다는 사실을 그녀는 이미 알았던 것이다. 하지만 샬로테에게서 들은 건 아닐 터였다. 샬로테는 나비들에 대한 기억이 없는 상태였으니까. 한 가지 설명밖에 떠오르지 않았다. 무시무시한 시나리오였지만…. 알렉스는 자신이 40년 전 세인트 존스 칼리지에 다녔다고 했다. 앵거스 페어웰도 같은 이야기를 했다.

이 아침, 나는 스스로에게 약속했다. 단순하지만 중요한 약속. 다시는 거짓말하지 않겠다는 약속이었다.

샬로테는 일주일 전에 자신의 아빠도 그 멤버였다는 사실을 알았다. 자신을 성폭행한 남자들이 속한 그룹의 멤버였다는 사실을. 우리가 여행을 떠나온 직후, 앵거스 페어웰은 샬로테에게 긴 이메일을 보냈다. 이메일에서 그는 자신이 그 어떤 여자도 결코 아프게 한 적 없다고 맹세했다. 무죄를 입증하기 위해 모든 노력을 다하겠노라 강조하기도 했다. 내게 물어보라는 얘기도 덧붙였다. 나와 함께 최근 그 주제에 대해 이야기를 나눴으며, 자신이 나비들 내부에서 일어나는 일들에 대해 걱정을 했노라며. 나는 샬로테에게 그런 말을 들었다고 확인해주었다.

샬로테가 아버지의 메일을 받았을 때는 우리가 이미 가

르다 호숫가 호텔에 도착한 뒤였다. 나는 저녁마다 일기를 썼고, 샬로테는 내 옆에 앉아 있었다. 정적이 감도는 방 안에서 샬로테는 "네가 곁에 있어야만 가능해."라고 말했다.

조시가 도서관에서 끼적인 종이를 보여줬을 때 샬로테는 곧바로 그 필체를 알아보았다. 나는 그녀에게 종이 위의 '밤Night'라는 단어와 나비들 편지 위의 '밤Night'라는 단어를 다시 비교해보라고 했다. 내가 그 편지를 여기까지 챙겨왔다. 필체는 동일했다. 샬로테는 두 종이를 접어 호텔 방 침대 옆 휴지통에 버렸다. 그러고는 그 인간의 이름이 뭐냐고 물었다. 샬로테가 '그 인간'이라고 말하던 때의 말투와 발음을 잊지 못할 것이다. 나는 조시의 성명을 알려주었다. 샬로테는 조시의 이름을 핸드폰에 메모했다. 그녀가 더 이상 그 이야기를 하지 않는 것이 다행스러웠다.

호수에서 수영하는 샬로테를 바라보았다. 거의 돌고래 수준이었다. 수면을 비추는 햇살이 눈부셨다. 샬로테가 너무 멀리까지 헤엄쳐 나가는 바람에 순간 그녀가 걱정되었다. 샬로테는 앞으로 이 모든 것을 이겨낼 수 있을까?

물에서 나온 샬로테는 데크 위에 앉아 내 어깨 위로·팔을 둘렀다. 샬로테의 젖은 팔이 차가웠다. 토끼가 할퀸 상처는 평소보다 더 색이 옅었다. 추워서일 거라고 나는 짐작했다.

"여기 혹시 배드민턴 채 있나? 기분 전환을 위해 뭔가 해야 할 것 같은데. 배드민턴 칠래?" 그녀가 물었다.

나는 샬로테의 손가락을 잡고 손목에 키스했다. 실은 손등에 키스를 하려 했는데 미끄러졌다. 샬로테는 손목이든 손등이든 개의치 않을 것이다. 그녀가 괜찮은 사람인 이유 중 하나였다.

그녀를 보고 있으면 안에서 불이 활활 타오르는 느낌이었다.

"아니." 나는 말했다.

나는 호수를 건너다보았다. 어제저녁 나이든 호텔 주인이 알려주었다. 저 위에 포도원 농부의 아들들이 때로 권투를 하는 창고가 있다고.

알렉스

아침 6시에 일어나 인도인이 운영하는 길모퉁이 가판대에 가서 신문을 샀다. 나비들에 대한 표제기사를 빠르게 한 번 훑고는, 천천히 다시 한 번 읽었다.

앵거스

깜깜한 밤. 소리 나지 않는 고무밑창의 신발. 검은 옷.

나는 직원들이 드나드는 문을 통해 저택에 들어갔다. 문은 닫혀 있지 않았다. 부엌에 이르기까지 모든 방은 깜깜했다. 일주일 동안 그 집을 지켜보며 조시 레반과 그의 할머니, 요리사만 집에 남을 때까지 기다렸다. 바다가 내려다보이는 3층이 조시의 방이고, 이 시간쯤이면 조시는 깊은 잠에 빠져 있을 터였다.

한 달 전, 나는 엽서를 받았다. 샬로테의 필체로 *내게 그 짓을 한 인간은 조시 레반이에*요라고 적혀 있었다. 나는 정원에서 엽서를 불태웠다. 뒷면에 베로나의 구시가지 사진이 담겨 있었다. 불꽃이 파란색과 빨간색으로 타올랐다.

변호사가 나를 성폭행범으로 몰아간 신문을 고소하라고 내게 권했다. 그밖에는 아무것도 하지 말라고 했다. 나비들은 더 이상 없었다. 그러나 그들을 힘 있게 만드는 것은 결코 이름이 아니었다. 네트워크는 앞으로도 계속 존재할 것이다. 케임브리지 대학이 존재하고, 힘을 추구하는 사람들이 있는 한….

나는 지금껏 모든 것을 올바로 처리했다. 어쨌든 나는 그렇게 믿어왔다. 하지만 지금 나를 견딜 수 없도록 만드는 게 바로 그 점이었다. 내 딸은 사라졌었다. 딸아이로부터 엽서를 받던 순간, 아빠라면 이 상황에서 무엇을 해야 하는지를 나는 깨달았다.

나는 특별허가를 받아, 소총을 특별수화물로 비행기에 실었다. 분해해서 부치고, 일주일 전에 미리 수화물 신고를 하면 가능하다고 했다.

나는 사과나무로 만든 방문을 열었다. 달빛이 블라인드 틈으로 떨어졌다. 조시 레반은 침대에 누운 채 잠들어 있었다. 책상 위에 두 켤레의 복싱글러브가 놓이고, 그 옆에 한스 슈티힐러와 팔짱을 끼고 찍은 사진이 있었다. 총은 5

킬로그램 무게였다. 내게 이 총을 판 총기상은 그것을 '코끼리 킬러'라고 불렀다. 조시 레반은 이불을 덮고 머리만 밖으로 내놓은 채였다. 창백한 손이 침대 가장자리에 걸쳐져 있었다.

한스

경찰이 샬로테에게 전화했을 때 나는 그녀와 함께 있었다. 샬로테는 핸드폰 스피커폰 기능을 켰다. 경찰은 이런 소식은 보통 전화로 전달하지 않는데, 유감이라고 말했다.

유일하게 소리를 들은 증인은 조시의 집 요리사였다. 1층 부엌에 있던 그녀는 총소리가 너무나 커서 그릇을 놓쳐버렸다고 증언했다. 아침에 조시가 차를 마실 때 레몬타르트를 내리려고 레몬즙과 버터, 계란노른자, 설탕을 거품기로 젓고 있던 중이었다고 했다. 조시가 레몬타르트를 유난히 좋아했다면서. 총소리를 들은 요리사는 놀라서 싱크대 아래로 기어 들어갔다. 그곳에 웅크리고 앉아서 두 번째 총소리를 들었다.

경찰은 마치 머릿속에 들어 있던 기억들을 죄다 지워버리려 작심한 듯, 대구경 총을 그처럼 짧은 거리에서 쏜 건 처음 봤다고 했다.

경찰은 범행을 재구성한 뒤 다음과 같은 결론을 내렸다고 전했다. 범인은 집 안으로 몰래 잠입한 뒤 2층으로 올라가 침대에서 자고 있던 청년의 이마에 총구를 대고 방아쇠를 당겼다. 곧바로 새 총알을 장전해서 무기 손잡이 쪽을 바닥에 놓고는 입으로 총구를 감쌌다. 그러고는 오른발 발가락을 이용해 방아쇠를 당겼다. 아주 긴 총이었으므로 총구를 입에 물 경우 체격이 큰 남자일지라도 손으로 방아쇠를 당길 수는 없었다. 만일을 대비해 그는 밀대자루까지 가져와 뒤에 세워놓은 상태였다.

범행 동기는 불확실하며 유일한 단서는 사진뿐이라고도 했다. 경찰은 범인의 왼쪽 재킷주머니에서 사진 한 장을 발견했다. 사진에는 앵거스 페어웰과 그의 아내, 곱슬머리 금발 소녀의 모습이 담겨 있었다. 범인이 직접 쓴 것으로 짐작되는 바, 사진 뒷면에는 이런 글귀가 적혀 있었다.

모든 것은 사실이다.

옮긴이 유영미

연세대학교 독문과와 동대학원을 졸업한 뒤 전문 번역가로 활동하고 있다. 옮긴 책으로 《삶이라는 동물원》《안녕히 주무셨어요?》《왜 세계의 절반은 굶주리는가》《감정 사용 설명서》《인간은 유전자를 어떻게 조종할 수 있을까》《여자와 책》《나는 왜 나를 사랑하지 못할까》 등이 있다. 2001년 《스파게티에서 발견한 수학의 세계》로 과학기술부 인증 우수과학도서 번역상을 수상했다.

더 클럽

첫판 1쇄 펴낸날 2019년 1월 28일

지은이 | 타키스 뷔르거
옮긴이 | 유영미
펴낸이 | 지평님
본문 조판 | 성인기획 (010)2569-9616
종이 공급 | 화인페이퍼 (02)338-2074
인쇄 | 중앙P&L (031)904-3600
후가공 | 이지&비 (031)932-8755
제본 | 서정바인텍 (031)942-6006

펴낸곳 | 황소자리 출판사
출판등록 | 2003년 7월 4일 제2003-123호
주소 | 서울시 영등포구 양평로 21길 26 선유도역 1차 IS비즈타워 706호 (150-105)
대표전화 | (02)720-7542 팩시밀리 | (02)723-5467
E-mail | candide1968@hanmail.net

ISBN 979-11-85093-80-2   03850

* 이 도서의 국립중앙도서관 출판시도서목록(CIP)은 서지정보유통지원시스템 홈페이지(http://seoji.nl.go.kr)와 국가자료공동목록시스템(http://www.nl.go.kr/kolisnet)에서 이용하실 수 있습니다.(CIP제어번호:2018042883)
* 잘못된 책은 구입처에서 바꾸어드립니다.